小学館文庫

大阪マダム、後宮妃になる！

五祭期は豊穣盛儀動乱編

田井ノエル

小学館

Osaka Madame Kokyu-hi ni naru

目次

大阪マダム、後宮妃になる！
五祭期は豊穣盛儀動乱編

登場人物

大阪マダム、後宮妃になる!

五祭期は豊穣盛儀動乱編

Osaka Madame Kokyu-hi ni naru
CHARACTERS

天明《てんめい》(亮《りょう》)
凰朔国の皇帝。

典嶺《てんれい》
凰朔国の前帝。故人。

秀蘭《しゅうらん》
凰朔国の皇太后。天明の実母。

乍颯馬《さくそうま》
天明の腹心の部下。

最黎《さいれい》
天明の兄。故人。

遼博宇《りょうはくう》
天明と対立する貴族の筆頭。

遼紫耀《りょうしよう》
遼家の養子。

鴻柳嗣《こうりゅうし》
蓮華の父。礼部尚書。

李舜巴《りしゅんは》
礼部尚書の侍郎。

劉清藍《りゅうせいらん》
禁軍総帥。劉貴妃の兄。

正一品

鴻《こう》蓮《れん》華《か》（鴻徳妃）
豪商の令嬢。
前世の記憶を持つ。

陳《ちん》夏《か》雪《せつ》（陳賢妃）
大貴族の令嬢。

劉《りゅう》天《てん》藍《らん》（劉貴妃）
将軍の家系・劉家の娘。

王《わん》仙《せん》仙《せん》（王淑妃）
新興勢力・王家の娘。

朱《しゅ》燐《りん》
蓮華の侍女。

陽《よう》珊《さん》
蓮華の侍女。

傑《けつ》
王仙仙の侍女。

齊《さい》玉《ぎょく》玲《れい》
前帝の貴妃。最黎の実母。

白《はく》璃《りー》璃《りー》
玉玲の従者。

宵祭　大阪マダム、神を担ぐ！

一

「茂造《しげぞう》じいさんがな、こうやってな、バンッってな、杖《つえ》やったらな、階段がズドーンッて滑り台になってな、役者がズベーッってな、滑り落ちてな、観客がドッカンドッカン笑うねん……え？　ほんまに知らへんの？」

後宮に見られるのは、うら若い乙女たちの戯れ……ではなく、要領を得ない説明であった。それを聞いた相手は、不思議そうな顔で腕組みしながら首を傾《かし》げる。

「知らねぇなぁ……茂造じいさんって、誰だい？　ドリフのメンバーじゃねぇだろ？」

「辻本茂雄《つじもとしげお》や！　吉本《よしもと》新喜劇！　土曜の昼にテレビでも放送しとったやろ！　なんで知らんのや！」

卓をバシバシ叩《たた》きながら、鴻蓮華《こうれんか》は唾を撒《ま》き散らす。凰朔《おうさく》国随一の豪商、鴻家の令嬢、且つ、後宮の徳妃《とくひ》にはあるまじき姿だ。しかしながら、凰朔国の後宮では、ごく日常の光景だった。

蓮華には前世の記憶がある。日本の大阪《おおさか》に生まれ、難波《なんば》で育ち、道頓堀《どうとんぼり》に沈んだという人生だ。清く正しい大阪マダムのオカンに女手一つで育てられ、居酒屋たこ焼きチェーンの雇われ店長をしていた。

前世では、オカンのようなたくましい大阪マダムを目指して、日々邁進《まいしん》中だった。しかし、阪神《はんしん》タイガース悲願の優勝の日。道頓堀へ投げ入れられそうになるカーネル・サンダース人形の身代わりになって溺れてしまう。

なんの因果か、カーネル・サンダースのご加護か、生まれ変わったら、シュッとした顔の別嬪《べっぴん》さんになっていたのだから不思議だ。鴻蓮華は蝶《ちょう》よ花よと育てられた深窓の令嬢であったが、前世の記憶を取り戻した十四歳からは、すっかり大阪に染まってしまった。

前世の世界では、自分の店を持つのが夢だった。転生後も、本当は商売がやりたかったけれど、蓮華の商才と勝負強さを見込まれて、鴻家のお父ちゃんから「後宮へ入れ」と命令されてしまう。

そのような経緯で後宮に放り込まれて、もうすぐ三年。後宮でも商売をしたり、野球を広めたり、漫才の公演をしたり……とにかく、様々な事業を手がけている。

今や蓮華は後宮、いや、都の有名人であった。

「吉本の芸人は、テレビでよく見たけどよぉ。土曜の昼は、べつの番組やってたぞ？」

「な、なんやて……？」

蓮華と卓を挟んでむずかしそうな表情をしているのは、傑《けつ》だ。

彼女は後宮の淑妃《しゅくひ》、王仙仙《わんせんせん》の侍女である。しかし、その前世は東京の浅草《あさくさ》に住む大工の棟梁《とうりょう》だった。銭湯でうっかり滑って頭を打った衝撃で亡くなったらしい。凰朔国では、猟師の娘に転生している。

蓮華と傑は、日本からの転生者という共通点があるせいか、なにかと話もあう。ただし、それぞれ熱心な阪神ファンと巨人《きょじん》ファンであるがゆえに、衝突も多かった。友人であり、ライバルでもあるという関係だ。

その傑に、蓮華は新しい舞台建設のアイデアを聞いてもらっていた。前世が大工であった彼女は、日本の建物などを再現するうえで、とてもありがたい存在だ。きちんとした図面を引いてくれる。

蓮華は吉本新喜劇名物の舞台を再現したいという話をしていた。吉本新喜劇と言えば、舞台の様子をテレビでも放送している。当然、伝わるものだと思っていたのに……なんと、傑はまったく知らなかったのである。

「新喜劇……お昼の番組やないん？　全国放送やとばっかり思っとった……は、初耳やわ……」

階段の仕掛けは、吉本新喜劇の定番だ。

茂造じいさんがバンッと合図を出すと、階段の段差がフラットな滑り台に変身する。そして、お決まりのように役者が派手にズッコケながら滑っていくのだ。公演中、最も盛りあがるお約束ネタの一つだった。

妃《きさき》たちによる漫才公演が非常に好評なので、頻度をあげようという話が出ている。そこで、後宮の正門を漫才の野外舞台に改築する計画を立てていた。こうすることで、妃が後宮の外に出なくとも、舞台に立てるというわけだ。

せっかくなので、大がかりな仕掛けが欲しい。蓮華はぜひとも、滑り台になる階段を設置したいと考えている。

観客も漫才の笑いに慣れてきたところなので、満を持して、新喜劇を！　凰朔新喜劇の開演を目指すのが、蓮華の希望だ。

「まあ、仕組みは大方把握したからよ。図面にして工部へ回してやらぁ」

傑は快く笑いながら、鼻を擦《こす》った。

「頼んだで」

「なあなあ。そのうち、ドリフネタもやろうぜ！　舞台が全部ぶっ壊れたり、うしろうしろってやったりよぉ」

「うーん……東のギャグはちょっと肌にあわへんけど……検討するわ」

「えぇー。ツレねぇなぁ。いいじゃねぇか、いろいろ協力してやってるんだからさ」

「そういうのは、自分が舞台でマトモに芝居できるようになってから言うんやで」

「う……」

傑の大根役者ぶりはひどい。セリフを全部用意しても、漫才がすべて棒読みになってしまうのだ。

「お二人がなにを言っているのか、少しもわかりませんが……」

日本について語りあう二人を前に、困惑の表情を浮かべているのは、王仙仙。傑の主人で、ここ水仙殿《すいせんでん》の主《あるじ》である。淑妃の位を持ち、蓮華と同じ正一品《しょういっぽん》だ。

王家は凰朔の辺境、延州《えんしゅう》を治めている。仙仙は王家と皇族の結びつきを強めるために、後宮へ輿入《こしい》れした姫だ。都への道中、反対勢力の一派に山で襲撃されているところを傑に助けられたらしい。

仙仙の命が狙われているという状況だったので、後宮に入った当初、傑が仙仙の身代わりをつとめていた。けれども、一悶着《ひともんちゃく》あって、現在は二人の入れ替わりを解いている。

「大事な事柄ならば、碑にして民衆に周知すればよいのです。文化を書き記すのは、後世へ財産を残す行為でございましょう？」

仙仙は大真面目な口調で、雑なまとめ方をした。彼女には、些細《ささい》な事柄でも記念に碑や廟堂《びょうどう》にしたがる癖がある。

「いや、いくらなんでも、碑は大袈裟《おおげさ》や」

蓮華はいつもの調子でキレのよいツッコミを入れた。すると、仙仙はやはり真剣な顔で胸を張る。

「延州は洪水の多い地域ゆえ、大切な文化は碑文に書き記すのです。紙や木簡は、流されてしまえば保存できませんが、碑ならば永久に残ります」

蓮華は思わず、「ほー」と感嘆の声をあげる。そんな文化的背景があったんか。勉強になったわ。ただ大袈裟なだけのお姫様だと思っていた。

「ですから、此度《こたび》の天翔祭《てんしょうさい》の模様も、碑文に残します。できるだけ、絢爛豪華《けんらんごうか》な演《だし》物《もの》を考えるのです」

碑のくだりはともかく、仙仙の言葉に蓮華はハッと我に返る。

蓮華が水仙殿に来たのは、傑に茂造じいさんについてレクチャーするためではない。仙仙からの応援要請があったからだった。

天翔祭は、凰朔で行われる中秋節、いわゆる秋祭りだ。建国祭に次ぐ規模の一大イベントで、後宮からも、演物をいくつか出さなければならない。

演物の役回りには順番がある。当番制のようなもので、位の高い妃たちが順に取りまとめ役を担当していた。

今回は、淑妃である仙仙が後宮の演物を仕切る。

「野球や漫才は好評なので行うとして、もう一つ……本来の後宮らしい華やかな演物が欲しいのです。鴻徳妃のご意見をうかがいたく、お呼び立ていたしました」

蓮華は目的を果たそうと、いったん呼吸を落ちつける。吉本新喜劇が全国放送でなかったと知って落ち込んでいる場合ではない。

「本来の後宮らしいって、舞とか歌とか……？」

その程度しか思いつかないのは、後宮の有様に原因がある。

今や、後宮は蓮華によってもたらされた文化に染まっていた。

妃たちは庭でタコパを開き、野球に熱をあげている。あちらこちらから聞こえてくるのは雅《みやび》な箏《そう》や歌ではなく、蓮華の広めたギャグと笑い声という状態だ。関西弁を真似《まね》するのもトレンドの一つだった。

もはや、野球や漫才、粉もんこそが「後宮らしい」の代名詞になっている。

「そうですね。できれば、女性ならではの華やかさを取り入れつつ、皆が驚くような新しい演物をしたいのです」

「むずかしい相談やな……」

蓮華は頭を抱えた。蓮華がやっているのは、所詮、大阪文化の再現だ。後宮らしさと大阪らしさ、両方を兼ね備える演物をするのは困難に思われた。

いや、大阪らしさって必要やろか？　でも、うちが呼ばれるってことは、そういう枠やんな？

「祭りなら花火だろ！　一発ドカーンと、派手に打ち上げようぜ！」

傑が小さな身体で両手を広げながら主張した。

「花火は凰朔でも、よう祭りであがっとるやないか」

凰朔の祭りでも花火は珍しくない。地上で爆竹がドンパチ鳴り響き、上空には打ち上げ花火。凰朔の建国以前から、火薬の文化が根づいていた。

現代日本のような色とりどりの花火とはいかないが、人気がある。それとも、花火で空にたこ焼きでも描けばいいのだろうか。

うーん、それもちゃうなぁ。

「やはり、黄金の廟堂を建てるのが、手っ取り早いのでしょうか……」

蓮華が両手を組んでウンウン考えていると、仙仙が嘆息した。スケールの大きさに理由があるのは理解したが、今はそこから離れてほしい。

「祭りと言《い》や、花火と喧嘩《けんか》が花よ」

「喧嘩は要らんやろ」

ツッコミを入れても、傑は「へへっ」と鼻を擦って笑っていた。これやから、江《え》戸《ど》っ子《こ》気質の浅草大工は。

「関西の祭りやと、山車《だし》が多いけど」

蓮華はぼんやりと、大阪の祭りについて思い出す。

大阪で大きな祭りと言えば、愛染《あいぜん》まつり、天神祭《てんじんまつり》、住吉祭《すみよしまつり》。どれも夏祭りで、楽しい記憶が蘇《よみがえ》ってくる。

祭りの屋台を手伝いに行ったことがあるが、お店とは違う客が買いにくるので新鮮なのだ。

とくに、天神祭のときは——と、すっかり思い出に浸っていた蓮華の目が、唐突にカッと見開かれる。

「それやー！　天神祭！」

蓮華が突然立ちあがるので、仙仙と傑が驚いて目を丸くしている。

「鴻徳妃。天神祭ではなく、天翔祭にございますよ。碑を確認しますか？」

「碑はええねん！」

仙仙から冷静に訂正されたが、そうではない。蓮華が言っているのは、大阪の天神祭なのだ。

「神輿《みこし》や！　後宮から神輿を出すで！」

「輿《こし》ですか……？」

輿は凰朔でも珍しくない移動手段だ。けれども、神輿について、仙仙はピンと来ていないようだった。

「神輿や、神輿。えーっとな。神様を担ぐんや。持ち運びの寺院みたいな?」

日本の神輿を説明するのはむずかしい。あれは、中国や朝鮮から渡ってきた輿が、神道と合体することで生まれた独自の文化だ。神様を人間が担いで移動するなんて、凰朔では存在しない概念だろう。

「持ち運びの、神……」

今の説明で仙仙は薄《うっす》ら納得したらしい。考え込んでいるが、食いつきは悪くなさそうだ。

「それをな、後宮の女たちで担ぐんや。ギャル神輿!」

天神祭のギャルみこし。

大阪文化の振興、地域活性化、明るく楽しい街づくりを目指して一九八一年から行われている。ミスコンで選ばれた女性が神輿を担ぐ、華やかでにぎやかなイベントだ。

後宮は基本的に閉ざされた空間である。最近は、妃《きさき》たちも野球や漫才で市民に対して顔を見せているものの、まだ浸透しているとまでは言えない。

その女たちが神輿を担いで都を練り歩けば、話題になるだろう。

「神輿の行進や。周りに舞手も配置したら、従来の後宮らしさも表現できるんとちゃうかな？　どうやろか？」

　蓮華の提案に、仙仙の顔が明るくなってくる。これは、とてもいい反応だ。

「なるほど……つまり、主上の輿を我々で担ぐというのですね！」

　仙仙は、ずっと神輿の概念について考えていたらしい。

　凰朔国における神とは、天帝。そして、天より政権を賜りし皇帝を指す。すなわち、神を担ぐとは、皇帝陛下を担ぐということだ。

　神輿とは少々ズレるが、たしかに、そちらのほうが凰朔の人々にはわかりやすいかもしれない。

「そりゃあ、派手でいいじゃねぇか。皇帝をやっちまおうぜ！」

「傑、言い方。それやと、主上さんに殴り込みかけるみたいや」

　蓮華は笑いながらツッコんでおいた。

　後宮の美女たちの間では、野球が流行《はや》っていて、それなりに運動習慣がある。屈強な男どもには負けるものの、人数を集めれば神輿を担ぐくらい造作もない。もちろん、舞や箏など一般教養も、みんな得意としていた。

「早速、準備を進めましょう。必ず、この王仙仙が成功させてみせますわ」

「神輿の図面は、俺にまかせとけ！　腕が鳴るぜ！」

　仙仙と傑が意気込みながら立ちあがる。気に入ってもらえてなによりだ。蓮華も鼻が高かった。

「では、鴻徳妃。主上のお許しをいただく役目は、まかせてよいですね？」

仙仙はなんでもないことのように、蓮華に笑いかけた。

「え……っと……」

しかし、蓮華はとっさに仙仙から視線をそらす。

凰朔国の皇帝は、凰亮天明《おうりょうてんめい》だ。

蓮華は後宮に入って間もなく、天明と契約関係を結び、仮初《かりそ》めの寵妃《ちょうひ》となっている。周囲からは仲睦《なかむつ》まじく見られているが、実際は夜伽《よとぎ》をする関係ではない。互いの利害が一致したので、手を組んでいるだけだ。

蓮華が後宮でここまで好き勝手にやれるのは、天明が商売や野球の許可をくれたからだった。

だから、感謝しているが……。

——お前が、正妃になって世継ぎを産めばいいのだ……俺は、そうしてほしい……。

天明から告げられたのは、つい先週の話。

蓮華は天明が弱気になっているのだと思い、軽く笑って流してしまった。だが、考えれば考えるほど、あのときの天明は見たことがない顔をしていて……不味《まず》い流し方してしもたかなって……あかん。頭が沸騰する。

「どうしました、鴻徳妃？　お顔が赤いのですが……体調が悪いのですか？」

「な、なんでもないわ！」

様子がおかしい蓮華の顔を、仙仙がのぞき込んだ。

あれから、蓮華は天明と話をしようと、何度か皇城へ行っている。けれども、なにかと理由をつけて、面会を断られていた。側近の乍颯馬《さくそうま》には、「今は気落ちしているようで……」と濁されてしまった。

今の蓮華がギャル神輿の許可取りをしても、話が通らない可能性がある。その場合は、皇太后の秀蘭《しゅうらん》に持ち込めばいいのだけれど……。

「今回は、仙仙がやってや。ほら、取りまとめ役は仙仙やし、うちが出張りすぎたらあかんやろ？」

蓮華は誤魔化《ごまか》すように笑いながら、仙仙の肩を叩いた。

「え？　はあ……構いませんが、珍しいですね？」

仙仙は不思議そうにしながらも、了承する。

蓮華は気まずくなる前に立ち去ろうと、部屋の外で待っている侍女の陽珊《ようさん》に声をかけた。

「ほな、今日はもう帰りますわ。また困ったことがあったら、呼んでや」

蓮華は無理やり笑いながら、仙仙に手をふった。仙仙は、なにか言いたげに蓮華を見ていたが、「では、また」と頭をさげてくれる。

「お前さん、皇帝となんかあったのかい？」

帰り支度をする最中、傑がこっそり蓮華に問う。彼女だけは、蓮華と天明の間に交わされた契約を知っていた。

蓮華は内心でドキリとしつつ、涼しい顔を装う。

「なんも、あらへんよ」

実際に蓮華たちは、「なにもしていない」ので、嘘《うそ》ではないはずだ。傑は訝《いぶか》しげにしていたが、蓮華はあまり目をあわせないようにした。

そそくさと立ち去る蓮華に、仙仙も傑も心配そうな顔をしている。それがわかっていながら、蓮華は下手な演技しかできなかった。漫才の舞台なら、ボケもツッコミも嬉《き》々《き》として演じられるのに、おかしい。

水仙殿を出て、仰いだ秋の空は高くて綺麗《きれい》だ。お天道様から、落ちついて考えろとでも言われているようだった。

思わず、立ち止まってしまうほどに。

「あかんあかん……！」

蓮華に、ゆっくり空を見て立ち止まっている暇などない。

とにかく、ギャル神輿だ。主催は仙仙だが、細かい指揮は蓮華が執らねばならないだろう。それから、次の祭りで試したい屋台もある。まだ試作品ができあがったばかりで、量産体制が整っていなかった。急がなければ。

これから、また忙しくなるで！

❀　❀　❀

後宮の妃からあがった祭事の企画書。

王仙仙の印と名が記してあるが、内容が明らかに珍妙だった。女たちが皇帝の輿を担いで都を練り歩くなど、並の妃から出る案ではない。

鴻蓮華の意見が反映されているのは明白であった。

天明は大きく息をつき、項垂《うなだ》れる。凰朔国を治める皇帝が、このようなことで悩まされるなど……。

「面白そうではありませんか。許可いたしましょう」

椅子に腰かけ、微笑《ほほえ》んだのは皇太后の秀蘭だ。

天明は皇帝の位にありながら、これまで政《まつりごと》の表舞台にはあがろうとしなかった。

今は亡き天明の兄、最黎《さいれい》こそ玉座にふさわしい。そう思い続けていたのだ。天明は、最黎を毒殺した秀蘭を憎み、皇帝に即位したころは無能な傀儡《かいらい》のふりをしていた。同時に、秀蘭を斃《たお》す計画を企てていたのだ。

着々と計画を進めていたはずなのに、鴻蓮華という存在がすべてを壊した。蓮華は天明の計画を阻止し、二人を和解させてしまう。

蓮華は底抜けのお人好《ひとよ》しで、行動力の権化である。しかし、彼女の強引さがなければ、凝り固まった天明の心は解《ほぐ》されなかっただろう。

天明は今、皇帝として政に取り組もうと、様々な事業や政策を打ち立てている。これまで無能のふりをしてきた分の信用を取り戻すためだ。

確かな実績を出して、自然な状態で秀蘭から政の実権を譲り受ける必要がある。現在は、天明と秀蘭の共同統治に近い体制であった。

「鴻徳妃と、なにかあったのですね」

「…………」

秀蘭の問いに、天明は即答できなかった。

正妃《せいひ》になってほしいと、蓮華に告げた。

天明としては、できるだけ率直に伝えたつもりだ。これ以上ないほど、誤解のしようがない言葉選びだった。正妃になって、世継ぎを産んでくれなど、なんとも思っていない女には言わない。

しかし……蓮華という女は筋金入りの鈍感であった。

玉砕した。

蓮華が色恋に興味がないのは理解していたつもりなのに、まさか、あそこまで言って「契約の更新は急がなくていい」とかなんとか返されるとは考えてもいなかった。衝撃が大きすぎて、天明は未《いま》だに蓮華の顔を見られずにいる。

あの妃に表裏はない。どうしようもなく勘違いをしやすい性分なのも知っている。聡《さと》いくせに、色恋に関しては、とんでもなく鈍いのも察していた。

もっとていねいに説き伏せれば、誤解くらいは解けるかもしれない。天明がどれだけ蓮華を求めているか、恥を捨てて囁《ささや》き続ければ、さすがに理解するだろう。

だが、天明は悟った。

今の蓮華には、天明へ寄せる愛がない。夫として、いや、男として見られていないのだ。

その状態で天明の気持ちを説いて、なんになるだろう。

天明は蓮華の心が欲しい。

蝶のように忙しく飛び回る彼女をふり向かせたい。

無理やり組み敷いて手籠《てご》めにしたいわけでも、意に反して正妃の座につけたいわけでもないのだ。

彼女は後宮の妃。皇帝である天明の所有物だ。天明の一存で、どうとでもできる。

けれども、天明が得たいものは、そんなことをしても手に入らない。

自由で美しい翅《はね》をもいで、檻《おり》に入れてしまっては意味がなかった。

「朱燐《しゅりん》の慰労会へ来なかった日かしら」

天明が蓮華に「正妃になってほしい」と告げた日のことだ。周囲にはなにも言っていないのに、秀蘭には見透かされていた。

天明が黙っていると、秀蘭は鈴を転がすように笑う。

「そっくり」

なんの話だ。天明が口を曲げると、秀蘭は懐かしそうに目を伏せる。

「前帝も、私の心を得たくて試行錯誤していたわ」

天明の父、典嶺《てんれい》帝だ。

秀蘭は貧民街出身の下女であったが、典嶺に見初められて正妃へと成り上がった。

その出自から、彼女を「悪女」と評する者も多い。

「最初は妃の位を。次は贈り物。何度も食事や散策に誘われて、それでも、なかなか共寝に至らなかったのですよ」

微笑みながら語る秀蘭は穏やかであった。

「なぜ、皇帝に迫られて応じなかったのだ」

天明は疑問を素直に口にした。

すると、秀蘭は首を横にふる。

「いいえ。私は、一度も拒んでいません。ただ、あの方がそうしていただけ」

典嶺には他にも子を生《な》した妃がいた。おそらく、政のためと割り切っていたのだろう。それなのに、秀蘭とはすぐに床を共にしなかったという。

「あなたと同じだと思いますよ」

欲しいのは、女の身体《からだ》ではなく心。

父と同じだと指摘されて、天明は目を伏せた。

典嶺が秀蘭に執心だったのは、天明も知っている。彼は兄たちよりも、天明を溺愛し、皇帝の座に就けようとしていた。ひとえに秀蘭を愛していたからだ。

そのために、最黎に殺害された。

さらに最黎も、秀蘭に――。

「不器用な人でした。愛《いと》おしかった。でも、あなたを産んでからは、あなたが一番」

寝物語を聞かせるような口調であった。秀蘭にとっては、天明はいつまでも赤子のままなのかもしれない。

「子供扱いするな」

天明は秀蘭に背を向け、書類に目を落とした。

内容が頭に入らないが、とりあえず、判を押しておく。蓮華が絡んでいる案件なら、細かく口を出す必要もないだろう。担がれる人間が天明という部分は、物申したい気もするが。

うしろで秀蘭が笑っている。

「まあ、がんばりなさい」

他人事《ひとごと》だと思って……。

ため息は幸せが逃げていくんやで！　と、蓮華の声が頭に響いたが、天明は深いため息をついた。

「主上」

会話が途切れるのを見計らったように、部屋の外から声がかかる。

劉清藍《りゅうせいらん》だ。禁軍の総帥をまかせている、劉家の当主。彼が直接、天明に報告へ来る理由は限られていた。

「入れ」

「はっ！」

天明が短く指示すると、屈強な青年が足を踏み入れた。清藍は一礼して、天明の前に跪《ひざまず》く。

「近ごろ、梅安《ばいあん》周辺の町で野盗の被害が増加しているようです」

「野盗?」

天明は眉間にしわを寄せた。

即位してから、大きな飢饉《ききん》もなく凰朔の治安は比較的安定している。とはいえ、民たちの生活格差は是正できず、野盗の類が発生するのは致し方がない状況だ。減らしていけるかどうかは、長い課題となるだろう。

ただ、急な増加というのは、妙だ。

「作物の取れ高に変化はないのだな」

「書面上は、租税に不審な点はございません」

中央に納められる租税に変化がないとなると、民から無理やり搾りとっているか、あるいは……他の場所からやってきた人間が増えたか。

人が急に増える理由など、いくつもない。

「動きが知りたい。斥候を派遣しろ」

「すでに手配しております」

清藍の返答に、天明はうなずいた。

秀蘭が不安げな表情をしている。

そんな母に、天明は「案ずるな」と言える人間ではなかった。自信がないという話以前に、気遣うほどの余裕がなかった。

「ご安心ください、皇太后！　と、主上も考えておりますゆえ！」

「…………！」

なぜか、天明の代わりに清藍が声を張りあげた。いつも大声だが、必要以上の声量である。

天明は慌てて秀蘭から顔をそらした。

「まあ。それは頼もしいわ」

秀蘭は朗らかに笑みをこぼして、両手を叩いた。

余計な真似を……天明は清藍を睨《にら》みつける。しかし、当の清藍は「いいことをした」とでも言いたげに胸を張っていた。

それにしても、胸騒ぎが現実とならねばいいが――。

二

後宮には、人の立ち入らぬ殿舎がある。

ここ水晶《すいしょう》殿は、伝染病の患者を隔離する施設だ。普段は誰も近寄らないので、閑散としている。

しかしながら、長らく使用されていなかったこの建物に、数ヶ月前よりひっそり暮らす人間がいた。

「申し訳ありません、鴻徳妃」

困った表情で頭をさげているのは、白璃璃《はくりーりー》だ。右目を塞ぐような切り傷が残る顔で、何度も蓮華に謝罪していた。

「大小姐《だしやおじえ》は、本日も気分が優れず……」

璃璃の主人は、齊玉玲《さいぎよくれい》である。

この水晶殿に匿《かくま》われている女性で、前帝の時代、後宮の貴妃《きひ》を戴《いただ》いていた。天明の兄、最黎の母親である。

齊家は天明たちの敵勢力、遼《りよう》家との繋《つな》がりが深い。玉玲は利用され、殺されそうになっていた。今はその遼家から命を守るために、天明の命令で水晶殿に身を隠している。

後宮ならば、外部からの干渉も少ない。そういう意味で、水晶殿は人を匿うのに都合がよかった。

蓮華は定期的に、玉玲に会いにきている。

が、ここ最近は、面会を拒まれていた。

「鴻徳妃には、何度も足を運ばせてしまい、申し訳ありません……伝言があれば、承ります」

「そっか……お大事にって、玉玲さんに伝えてや」

蓮華は心配しながらも、笑みを作った。

「これ、手土産。二人で食べてくれると嬉《うれ》しいわ」

蓮華は持参した包みを璃璃に手渡した。

「特製のロールケーキや」

「呂卯留華絵貴《ろうるけえき》？」

「ふっくら焼いた生地に、生クリームをたっぷりひと巻きに包《くる》んだお菓子やで」

生クリームを食べるための、大阪名物某贅沢《ぜいたく》ロールケーキを真似してみた。搾りたての牛乳で作ったクリームしか使用できないので、今のところは量産して商品化するのは現実的ではない。添加物が使えないゆえの悩みだった。

自信作だが、これは売り物にはならない。手作りの贈答品だ。

「よくわかりませんが、鴻徳妃がお作りになったなら、きっと美味《おい》しいのでしょう。重ね重ね、ありがとうございます」

璃璃はロールケーキを受けとって、深々と頭をさげた。

「かまへん、かまへん。ほな、また来るわ」

蓮華は手をふり、璃璃に背を向けた。

水晶殿の庭をチラリとのぞくが、やはり玉玲の姿は見えない。奥の部屋に引きこもっているのだろう。

ふと、蓮華は帯に挿した横笛を見おろす。

金木犀《きんもくせい》の紋が彫られ、黄玉の飾りがついている。玉玲にこの笛を見せたのは、つい先週のことだ。あれから、玉玲の態度が一変してしまった。それまで、穏やかに過ごしていたのに、急に怯《おび》えて顔をあわせてくれなくなったのだ。

水晶殿を離れながら、蓮華は横笛を手にとる。

これは遼家に仕える青年、紫耀《しよう》に渡された笛だ。押しつけられたと言ってもいい。なんの説明もなかったけれど、玉玲となにか関わりがあるのだろうか。

紫耀には謎が多い。笛を蓮華に譲った意図も、よくわからなかった。

「…………」

気まぐれに、蓮華は笛を口に当ててみた。

息を吹き込むけれども、上手《うま》く音が出ない。コツが要るようだ。笛なんて、学校の授業でリコーダーを触った程度の蓮華には、難易度が高い代物だった。

「あかんわ」

むずかしい顔をして、ため息をつきそうになった。

蓮華はプルプルと首を横にふる。こんなときこそ、明るく楽しく振る舞うべきだ。

暗い顔をしている場合ではない。シャキッとせな。

このあとは、野球の練習だ。芙蓉虎団《ふよう・たいがーす》、水仙巨人軍《すいせん・じゃいあんつ》、桂花燕団《けいか・すわろーず》、牡丹鯉団《ぼたん・かーぷ》の四球団合同練習である。

現在、蓮華が所属する芙蓉虎団の成績はリーグ四位。後宮リーグ（通称：コ・リーグ）四球団中、最下位である。

蓮華が忙しくて練習時間がとれないことと、主力選手の不在が大きな理由だった。遅れを取り戻さなければ。

「気張っていくでー！」

蓮華は無駄に叫びながら、右手を空に突き出した。

あー……あかんかった……。

盛大に打ちあがる白球を見送って、蓮華は口をポカンと開ける。

球はマウンドに立つ蓮華の頭上を遥《はる》か高く飛び越え、スタンドへと吸い込まれていった。

「本塁打ですわ！」

バッターボックスで余裕の表情を作ったのは、陳夏雪《ちんかせつ》だ。賢妃の位を持っており、牡丹鯉団の監督兼二塁手である。

舞踊が得意なこともあり、身軽な動きをする選手だ。強打者というよりも、《ヒット》
を狙って確実に出塁していくプレイスタイルをしている。夏雪に率いられる牡丹鯉団は、コ・リーグ切っての守備を誇っていた。

そんな夏雪にも易々《やすやす》と打たれ、蓮華は膝からマウンドに崩れ落ちてしまう。

「なんでや……」

これでも、蓮華はコ・リーグの創設者だ。投手としては、リーグで一番だと自負している。

なのに、現在はこんなにもあっさりと……腕が落ちた。いや、みんなが成長してるんや……。

「今日日、後宮の妃たるもの本塁打くらい打てなくてはなりません」

肩を落とす蓮華を横目に、夏雪は得意げにダイヤモンドを回っていく。そんな夏雪の球団は、今季二位。今が一番、脂がのっている時期である。

「残念でしたね、鴻徳妃。あまり落ち込まず、切磋琢磨《せっさたくま》いたしましょう」

蓮華に笑いかけてくれたのは、捕手をつとめていた劉《りゅう》貴妃だった。桂花燕団を率いる妃で、蓮華たちと同じ正一品の一人である。

桂花燕団は今季一位を独走中だ。劉貴妃自身、選手としてはパッとしないものの、監督の才は群を抜いている。

劉家は代々、凰朔の軍事を支える要だ。彼女の兄、劉清藍は当代の禁軍総師に就いている。

劉貴妃にも、その才が受け継がれているのだろう。盤石の試合運びで勝ちへと導き、ここぞというときに奇策を用いるため、他の球団は常に悩まされている。

「休憩にいたしますよ。秋とはいえ、水を飲まねば倒れてしまいます」

劉貴妃は涼しい顔で場を仕切っているけれど、蓮華は知っている。彼女はこの合同練習で、他球団の選手の活躍に目を光らせていた。

ほんま、強《したた》かな姉ちゃんやわ。

「そうだわ。聞きましたよ、王淑妃。天翔祭では、派手な催しを企画しているのですってね」

休憩にベンチへ入ったタイミングで、夏雪が笑った。

話しかけられた相手は、王淑妃――仙仙だ。

「あん? おうよ。派手なのを一発お見舞い……おほほ。華やかな祭りにしてみせますでございますよ」

仙仙本人は、野球が得意ではない。練習はしているようだが、根本的に運動が向いていないようだ。ゆえに、野球のときだけ、仙仙の代わりに傑が参加していた。

傑は猟師の娘として育ったため、生まれ変わってから敬語とはほど遠い環境で育っていたらしい。そのせいで、敬語がド下手になってしまった。というのが、本人の言い訳である。

彼女たちが入れ替わっているのを知らない夏雪は、不思議そうな顔をする。

「ギャル神輿をするんや。後宮のみんなで、主上さんの輿を担いで、都を練り歩くんやで」

あまり傑を喋《しゃべ》らせると、仙仙との入れ替わりが露見してしまうので、蓮華が代わりに説明した。すると、夏雪はパッと笑みを作る。

「伽流《ぎゃる》神輿？　それは、また面白そうね。蓮華の案ですか？」

「うちの案に、仙仙が足して、こうなったんや。周りに歌い手や舞手を配置して、派手な行進にするつもり」

「まあ。舞は得意ですよ！　わたくしに舞手をまかせなさい。一番、美しく踊ってみせるのですから」

夏雪は得意げに言いながら、胸に手を当てた。

「もちろん、おねがいするつもりやったで。夏雪は踊りも野球も上手やからな」

「当然です」

蓮華が褒めると、夏雪は腰に手を当てながら鼻を鳴らした。

「本塁打も、たくさん打ちますからね！」

「はは。そう簡単には、打たせへんで」

夏雪の実家である陳家は、凰朔を代表する大貴族だ。夏雪は人一倍、負けず嫌いで自尊心が高かった。その分、努力家のがんばり屋さんでもある。

最初は蓮華と衝突もしたけれど、今ではタコパしたり、野球をしたりする仲だ。ときどき、娘みたいに思えて可愛《かわい》くて堪《たま》らない瞬間もある。

「あら。私も負けませんよ。我が桂花燕団が、今季の優勝をいただきます」

二人の会話を聞いていた劉貴妃が胸に手を当てた。

「俺も……い、いや、水仙巨人軍も負けませんですわよ。おほほ!」

傑も下手な敬語で対抗してくる。

蓮華は自然と笑顔になった。

こうして、みんなで野球をやったり、タコパをしたり、祭りを企画したり……後宮の日々は楽しく過ぎていく。

本来の後宮らしい光景とは言えないかもしれない。後宮の女たちは野球ではなく、権力争いをしているのが、普通なのだろう。

でも、蓮華は窮屈な暮らしよりも、こっちのほうがずっと好きだ。

みんなも笑顔でいてくれるし、自然体でいられる。

こんな日々が、ずうっと続いていけばいい。

このときは、本気でそう思っていた。

三

礼部《れいぶ》は、凰朔の祭儀や文化教育の分野を管轄している。

その長に任命されているのが、鴻柳嗣《りゅうし》。

娘の蓮華が後宮で皇帝の寵愛《ちょうあい》を受けることによって、礼部尚書《しょうしょ》の職を得た成り上がりの商人である。ま、寵愛は契約なんやけど。

陳蓮《ちんれん》という男の偽名を使って、蓮華は袍服《ほう》に身を包み、皇城にも出入りしている。主に柳嗣のお守《も》り……いや、話し相手として。

ついでに、後宮や祭りで行う催し物について、礼部との連携をはかっている。今回は、ギャル神輿と、後宮の正門を舞台に改築する計画についてだ。

「お父ちゃん、来たで。儲《もう》かりまっか！」

書庫を抜けると、礼部の執務室である。

蓮華はいつものノリで、軽くあいさつをした。

「おお、蓮華。儲かりすぎて困っておるぞ！」

両手を広げて迎え入れたのは柳嗣だった。自慢の髭《ひげ》の下に、得意げな表情を浮かべている。丸っこいフォルムがマスコットキャラみたいだ。

「あれ？　お父ちゃん、内装変えたん？」

蓮華は違和感を覚え、室内を見回した。

以前までは、お役所らしからぬオリエンタルな色硝子《いろガラス》のランプがいくつもさがっていたはずだ。けれども、雰囲気が一変している。

「いつも同じ内装は飽きるではないか。西域から、より派手で目立つ品が入ってきたのだ！　どうだ？　蓮華？」

飽きもせず、常に芙蓉殿を虎柄で飾っている蓮華の心に刺さった。が、柳嗣はそんなことなど露知らず、内装の自慢をはじめる。

「これが西域の神らしい！　実に珍妙で派手な見目であろう？」

どうやら、今はどこかの国の像にハマっているらしい。金ピカに装飾された二足歩行の象や、腕が何本もある神……元の世界でいう、インドに近い文化圏からの輸入品のようだ。

柳嗣は輸入品が大好きで、珍しいものは、とにかく手に入れたがった。蓮華が前世の記憶を取り戻したころ、凰朔国には豹柄《ひょうがら》が入っていなかったけれど、柳嗣が仕入れてくれた。おかげで、ファッションの幅が広がって助かっている。

「蓮華も一つ、持って帰るか？　金はいいぞ。目立つ！」

「ほんま？　もらえるもんは、もらっとくわ！　お父ちゃん、ありがとさん」

「では、改めて後宮の象に運び入れさせよう」

金ピカ二足歩行の象に興味はないが、なにかの御利益があるかもしれない。タダでもらえるのは、なんでもありがたい。大阪のオカンなど、絵の具で色を塗っただけの石を「ご自由にどうぞ」とあったからと、持ち帰っていた。石は漬物石になった。

「あ、せや。今日もお土産持ってきたで」

蓮華は包みを二つ持ちあげて笑う。

玉玲にも渡したロールケーキだった。きっと柳嗣が気に入ると思って、また作ってみたのだ。

「あ……」

だが、包みを柳嗣に差し出しながら、蓮華は冷静に考える。

礼部へのお土産なら、ロールケーキは一本で充分だ。切り分けて食べるものなので、量は必要ない。

しかし、蓮華はなぜか二本のケーキを持ってきてしまった。

もう一本は……。

いつもなら、皇城で仕事をしている天明にも差し入れる。癖でつい、天明のケーキも作ってしまったようだ。

今、天明は蓮華の差し入れを受けとってくれないのに……。

「………」

蓮華はパンッと自分の両頬を叩いた。ええい！　また考え込もうとしてたわ！　あかん！

「舜巴《しゅんは》さん、一本持って帰りや」

蓮華は明るく、侍郎《じろう》の李《り》舜巴に声をかけた。舜巴は疲れた顔に笑みを浮かべながら、頭をさげる。あいかわらず、仕事量が多くて苦労しているようだ。

「よろしいのでしょうか。家族が喜びます」

ロールケーキを舜巴に手渡すと、嬉しそうにしてくれた。舜巴には、幼い娘と息子がいるらしい。

家族がおるって、ええなぁ……。

と、考えた途端に、「正妃になってほしい」と告げた天明の顔が浮かんだ。世継ぎを産むって……。

気を抜くと、天明が頭を過《よぎ》るのを、なんとかせねば。考えていないつもりなのに、いつの間にかプカプカと思考の表層に浮上してくるのだ。

いくらなんでも、主上さんがあんなこと本気で言うわけが……。

「あかーん！」

顔が火照ってくる前に、蓮華は叫び声をあげた。

気合いや、気合い！　気合いでなんとかするんや！

「ど、どうされたのですか。鴻徳……陳蓮」

舜巴が心配そうにするが、蓮華はそれどころではなかった。雑念を振り払うには、
どないしよう。せや、あれがええ！

「お父ちゃん！　灰皿あらへん!?　二枚！」

「は、はいざら、とは……？」

「うっすい金属の皿でええわ！」

蓮華は室内を見回した。

ちょうど、柳嗣はロールケーキを取り分けるための皿を用意しているところであった。ごていねいに、金の皿だ。大きさも掌《てのひら》サイズで手頃である。

蓮華はそれらを両手で引っつかむ。

うん、ジャストフィット！

「煩悩退散！　大阪名物パチパチパンチや！」

パチパチパチパチパチ！

蓮華は金の皿を、頭や胸に高速で打ちつけた。本当は上半身裸で肌が赤くなるまで

やるものだが、割愛する。吉本新喜劇の定番ネタだった。

「れ、蓮華!?」

娘の奇行を前に、柳嗣が信じられないという顔をしていた。

許してや、お父ちゃん。こうすると、無心になれるんや。

「こ、これは……!」

しかし、やがて柳嗣の表情が変わる。おや、様子がおかしいぞ。

「宴《うたげ》で披露すれば、目立ちそうだな!」

怪訝《けげん》な顔をされるのかと思っていたが、柳嗣はキラキラと目を輝かせていた。そして、「わしも、わしも!」と嬉しげに蓮華の真似をして皿で頭を叩きはじめる。

どうやら、柳嗣には大ウケだった。

予想外の反応に、蓮華は思わず手を止める。

「ふ……」

反対側から、噴き出すような声も聞こえた。

舜巴が堪《こら》え切れない様子で、口元を押さえている。肩もプルプルと震えており……

どうやら、ツボったらしい。

「く、くだらなすぎる……! くく……」

彼がギャグで笑う姿は、あまり見たことがないので意外だ。こういうのは不得意で、漫才も事業として事務的に受け流しているものとばかり思っていた。

舜巴は漫才やコントよりも、一発芸的なネタに弱いタイプらしい。

「凰朔名物八八八！」

「く……く……ぷふっ」

無邪気に皿を頭に打ちつける柳嗣。

前のめりになって笑いを堪える舜巴。

礼部尚書の執務室には、いつもと異なる空気が流れていた。ツッコミ不在とはちょっとちがうか。

柳嗣のパチパチパンチと、それを笑う舜巴で笑いが完結してしまっている。そこに蓮華の入る余地がなくて、疎外感のようなものを抱く。いわゆる、二人だけで内輪ウケしている状態ができあがっていた。

「……おもろないわ」

急に気持ちが冷めて、蓮華は腕組みした。

乗り切れないのは、蓮華に雑念があるからだろうか。頭の端をチラチラする天明の顔が邪魔をして、イマイチ無心になれない。

「はあ……」

ため息は、幸せが逃げていく。

けれども、蓮華はこの雑念を身体の外に吐き出してしまいたかった。

礼部での用事を済ませ、蓮華は後宮へ戻っていく。

皇城の回廊は長いが、煌《きら》びやかではない。凝った彫刻や装飾が要所要所に施されているものの、後宮とは方向性が異なって質実剛健だ。華やかさではなく、権力を象徴する力強い意匠が多かった。

鮮やかな襦裙《じゅくん》よりも、今蓮華が着ているような袍服が似つかわしい。

蓮華はゆったりとした袍服の裾を揺らしながら、悠々と歩く。

前世では、居酒屋たこ焼きチェーン店の仕事をしていたので、ズボンのほうが慣れている。皇城で男装したり、野球のユニフォームを着たりするのは、蓮華にとっては楽でよかった。

「申し訳ありません……!」

聞き覚えのある声がしたので、蓮華は、とっさに柱のかげに身を隠す。

「朱燐……」

そこにいたのは、朱燐であった。

蓮華の元侍女で、今は官吏として皇城で働いている。といっても、まだ試験登用の段階だ。合格したばかりの官吏たちは、見習いとして各部署に派遣されるらしい。研修生みたいなもんやな。

つい最近まで芙蓉殿にいたのに、もう懐かしい。女性でありながら、官吏の袍服を着ている姿が立派に見えた。今は芙蓉殿を出て、劉家の屋敷でお世話になっている。

蓮華は朱燐の姿を見てほっとした。と、同時に、彼女が頻《しき》りに頭をさげている理由が気になる。

朱燐の着物は泥だらけになっていた。桶《おけ》を抱えているし、どう考えても、お役所仕事をしている格好ではない。

「早くしろ。向こうの厠《かわや》もあるのだぞ！」

「は、はい……！」

厠？　厠掃除？　蓮華は眉根を寄せた。

皇城には掃除など雑用をこなす係も、ちゃんといるはずだ。見習いとはいえ、官吏登用試験に合格した朱燐が掃除をするのはおかしい。研修とは、事務仕事などを覚える期間ではないのか。

指示をしているのは、朱燐の上司だろうか。それにしては若いので、先輩かもしれない。身なりがよく、意地悪そうな面持ちが、いかにも貴族のボンボンといった雰囲気だった。

いけ好かんわ。

「名なしの女風情にはもったいない仕事を与えてやっているのだぞ」

朱燐には姓がない。凰朔国では、彼女のような身分の階層には「名なし」という蔑称がついていた。庶民階級よりも、さらに下の扱いである。

身分格差を是正したいと考え、天明は朱燐に官吏登用試験を受けさせた。名なしで女性の朱燐が自力で合格すれば、実績となる。今後の受験者増加も見込めるし、方向性を示すこともできるだろう。

なのに、合格した朱燐にこの仕打ち。

嫌がらせに違いなかった。

「ちょっと――」

蓮華は柱のかげから歩み出る。ここは、なにかガツンと言ってやらなければ気が済まない。

だが、その身体を何者かが背後から押さえ込んだ。

「…………!?」

口を塞がれ、蓮華は声が出せない。

屈強な腕で抱きすくめられると、いくら芙蓉虎団のエース投手といえど、太刀打ちはできなかった。暴れたところで、赤子のようにねじ伏せられてしまう。

押さえ込まれると、誰の仕業かも確認できない。

「はい。朱燐めには、もったいないお役目。まっとうさせていただきます」

蓮華がもがいている間に、朱燐は頭を深々とさげていた。

朱燐は謝らなくてもいいのに……命じた官吏は、得意げな表情で朱燐を見おろしている。

「ですが……すでに、この棟の厠はすべて掃除いたしました」

「え？」

冷静な口調で答える朱燐に、官吏はすぐに返答できないようだった。

朱燐は顔をあげ、少しだけ笑みを作る。

「厩舎《きゅうしゃ》へ行き、みなさまがご使用の馬も世話してまいりました。申し訳ありません。天井の煤《すす》落としが半分しか済んでいないので、終わり次第、書類の整理をいたします。他に、なにかございましたら、なんなりとお申しつけください」

朱燐は事もなげに述べて、涼しげに笑った。このくらいの仕事、なんということはない。とでも言いたげである。

官吏はしばらく、ポカンと間抜け面《づら》をしていた。

「あ、ああ……早くしろ！」

遅れて怒り出し、彼はその場を立ち去った。

一方の蓮華は、皇城でもたくましい朱燐の姿に誇らしくなる。

　彼女は物覚えが抜群によく、仕事も速かったので、芙蓉殿でも最高のパフォーマンスを発揮していた。彼女の才を見出《みいだ》して、最初に教育を施したのは秀蘭だ。さすがの慧眼《けいがん》である。

「はあ……」

　朱燐たちが去ると、ようやく、蓮華を押さえる腕の力が緩まる。

　蓮華は、大きく息を吸って、身を翻しながら離れた。

「あんたは……」

　改めて、蓮華を取り押さえた者の正体を確認して、身構えた。

「お静かに」

　しーっと、人差し指を唇に当てて、紫耀は口元に笑みを作った。

　反秀蘭派の筆頭貴族である遼家。彼は、その当主である遼博宇《はくう》の側近だ。

　空気のように目立たない存在かと思っていたが、蓮華に情報を流して翻弄することもあった。金木犀の紋がついた横笛を蓮華に渡してきたのも、彼である。

「今度は、なにするつもりや」

　敵意を持って質問すると、紫耀は意外そうに肩を竦《すく》めた。

「彼女は一生懸命お仕事をしているのです。あなたが邪魔をしては、後々厄介でしょう？」

紫耀は、朱燐の待遇に腹を立てた蓮華を窘《たしな》めているのだという。

指摘されて、初めて蓮華は自らの行動が不味《まず》かったと気づく。試験のとき、あんなに天明から釘《くぎ》を刺されたというのに、すっかり忘れていた。

万一、自分が後宮の妃だとばれたら、もう皇城へは出入りできないだろう。それどころか、朱燐は官吏になっても、元主の力を借りていると、陰口を言われかねない。今後の出世にだって、響くかもしれなかった。

「そうかもしれんけど……でも、なんで」

不可解なのは、蓮華を紫耀が止めたことだ。

「うちを放っておいたほうが、遼家には都合がええんやないですか？」

反秀蘭派にとっては、蓮華が問題を起こすほうがいいはずだ。天明の揚げ足をとりたいなら、放置すべきだった。

なのに、紫耀は蓮華を助ける行動をしている。

まったく意図がわからなかった。

「僕は遼家の駒ですが、遼家の狗《いぬ》ではないので。命じられた範囲以外のことは好きにやりますよ」

意味がわからない。

蓮華が顔をしかめると、紫耀は唇に弧を描く。目は少しも笑っておらず、それが余計に不気味に感じられた。

　とんとんとん、つーつーつー、とんとんとん。紫耀の指先がなにかのリズムを刻んでいる。うーん、これ……どっかで覚えが、あるような、ないような。

「なに言うてんねん。日本語で話してや」

　つい「日本語」とか言ってしまったが、紫耀からのツッコミはなかった。ツッコまれても、困るけどな。

　彼はうしろへさがり、蓮華から離れる。蓮華も、警戒を解かずにじりじりと後退《あとずさ》りした。

　紫耀が背を向けたのを確認してから、蓮華はようやく息をつく。

　どっと疲れが襲ってきて、肩が重い。

　けれども、去り際に一言だけ——。

「すぐに、全部僕のものになる」

　聞き間違いだろうか。

　紫耀がそうつぶやいたように思えた。

「どういう意味やねん」

　蓮華は問いを投げるが、紫耀はなにも言わずに歩き去ってしまった。

　その背を睨みつけていると、息が止まりそうだ。

やがて見えなくなってから、蓮華はようやく、肩の力を抜いた。

❁　❁　❁

——あれは、すべてお前のものになる。

物心ついたころから、義父が紫耀に言い聞かせていたことだ。

皇城も、後宮も、宮廷のすべてが「お前」のもの。いずれ皇帝になって、手に入れるべき財である。

博宇がそう言って宮廷を指さすたびに、紫耀は「そんなことはあり得ない」と思っていた。

紫耀は遼家にとって、駒だ。

最黎の保険として後宮から連れ出され、外で育てられていた。兄の最黎が死なない限り、紫耀に用はない。

けれども、博宇は決してそれを紫耀には告げなかった。

最黎が亡くなることを予見していたわけではない。そのほうが、紫耀を都合のいい人間に仕立てられるからだ。

博宇は自分で手を下さない。常に手駒を側《そば》に置き、都合のいいように操る。遼家の娘、星霞《せいか》がいい例だった。

博宇は自分の子に対しても、洗脳とも言える教育を施していたのだ。逆に、彼女の存在があったので、紫耀は博宇のやり口を理解しやすかった。

相手がなにを欲しているか見極め、精神を操作する。

とくに星霞という娘は、承認欲求が高く、父親に認められたくて仕方がなかった。

そうやって育てられた娘は、博宇の思惑どおり従順な駒となり……後宮へ送り込まれ、やがて捨てられた。

博宇にとって、紫耀も星霞と同じなのだろう。

利用しやすいように調教して、都合が悪くなれば切り捨てる。そのための駒だ。

弁《わきま》えていなければ、呑《の》まれる。

幼気《いたいけ》な顔をした少女の頸《くび》を落とすとき、一瞬だけ、自分と重なる部分があった。

なにかを間違えれば、ああなっていたのは、紫耀だったかもしれない。

彼女は遼家で少なからぬ時間をともに過ごした妹のような存在だ。情があってもいいはずだが、紫耀の心には、同じ駒としての憐憫《れんびん》しかわかなかった。

ああ、かわいそうに。

上手くやれば、もっと生きることができただろうに。

星霞の最期を前に、そう考える自分は薄情なのかもしれない。だが、それが正直な気持ちでもあった。

今の紫耀は所詮、死んでしまった兄の代わりとして帝位に就けられ、遼家に操られる傀儡である。それがわからぬほど、紫耀は世間知らずではなかった。

そこは、駒であると自覚せぬまま死んだ遼星霞とはちがう部分だ。

齊玉玲とも。

「ご苦労様です、孟《もう》殿」

皇城の回廊で、紫耀はすれちがった男に声をかけた。孟浩然《こうぜん》という男で、禁軍の副将をつとめている。前帝の時代は禁軍総帥の地位にあったが、天明が即位してからは、その地位を劉家に譲っていた。

浩然は黙って紫耀に頭をさげる。

「義父《ちち》は中かな？」

「ええ、そうですね」

紫耀の問いに、浩然は無愛想に答える。この男は、あまり博字が好きではないらしい。しかしながら、現皇帝の統治下で位を落とされた不満がある。そのような感情がわかりやすく見え隠れしていた。

「ありがとうございます」

紫耀は口元に笑みを作り、短く告げた。

禁軍の中にも、現体制に不満を抱く者がいる。それは遼家にとっては、利用しやすいことでもあった。

紫耀は示された部屋に入る。出仕した貴族たちが集まる場だ。本来ならば、国のために働くのだろうが……それは官僚たちの役目である。旧来の貴族たちは、自身の領地経営以外には無関心だった。

遼家や、それに従う貴族たちの息がかかった衛士《えじ》に守られ、温々《ぬくぬく》と娯楽に興じている。それが実態だ。

「どこに行っておった、哉鳴」

入室した紫耀に、博宇は浮かれた調子で呼びかけた。紫耀が抜け出していると、すぐこれだ。呆《あき》れてしまう。

皇城にいるというのに、博宇は紫耀を「哉鳴《さいめい》」と呼んだ。紫耀が遼家の養子ではなく、皇子としての名である。

もうすっかり、帝位を手に入れたつもりなのだろう。反皇帝派の衛士に周囲を見張らせているとはいえ、迂闊《うかつ》としか言えぬ。

「蝶を追っておりました」

季節は秋だが、紫耀はのらりくらりと返事をした。

口元にだけ笑みを浮かべると、博宇は露骨に顔を歪《ゆが》める。

紫耀の目元は、笑うと母や兄に似てしまうらしい。普段から、目だけは笑わないように意識しているが、この表情を博宇は毛嫌いしている。曰《いわ》く、人間味が薄いそうだ。

「程々にせよ」

博宇は、さして興味なさそうに紫耀から視線を外す。それよりも、手元の紙牌《しはい》が気になるらしい。手札の絵柄をあわせる遊戯だ。これに金品を賭けるのが、貴族たちの流行であった。

ここに集まっているのは、博宇に従う者ばかりだ。

皇城でこのような会が開けてしまうのは、勢力が大きい証《あかし》と考えるべきか、皇帝の力が弱い証左か。喫煙する者が多いせいか、辺りに紫煙が漂っている。

天明が彼らを廃したいという気持ちは、まあ理解できた。

しかしながら、利用価値もある。

天明が秀蘭を斃すため、遼家ら旧来の貴族たちの手を取ったときは、見直した。彼にも、毒を以《もっ》て毒を制する気概があると期待したのだ。だが、蓋を開けてみれば、そうはならなかった。天明は彼らに背を向け、排除する道を選んだ。

拍子抜けである。

「僕なら、もっと上手く使う」

誰にも聞こえぬ声でつぶやきながら、紫耀は窓際の椅子に腰かけた。

とはいえ、紫耀は駒だ。

現在、紫耀を帝位に就けようと動いている者たちは、皇帝となった紫耀を支えたいとは考えていない。傀儡を生み出し、甘い汁を吸いたいだけの蛾《が》である。玉座にいるのは、誰でもよかった。

そこを理解して弁えていなければ、幼い時分に処分されていただろう。

この手の中に、なに一つ、紫耀の持ち物はないのだ。

今は、まだ――。

窓から空を見ると、はらはらと舞う影があった。季節外れの蝶だろうか。紫耀は好奇心で、窓から身を乗り出してみる。

舞っていたのは蝶ではなく、枯れた木の葉だ。木から落葉するところであった。さきほど別れた妃の顔が、落ちていく葉に重なる。

蝶は自由に飛び回ってこそ美しい。

けれども、その翅をもぎ、籠に入れてしまいたいという衝動も大いにあった。

そのとき彼女は、どのようにもがくのだろう。

本祭　大阪マダム、お祭り騒ぎ！

一

「祭りや、祭りやー！　いくでいくでー！」

声を張りあげて、蓮華は拳を天に突きあげた。秋晴れの空は高く、絶好の祭り日和である。

準備期間は些《いささ》か短かったが、天翔祭は無事開催された。

後宮からの演物のほかに、野球や漫才も、きっちり準備してある。野球といっても、今日の試合は牡丹鯉団対桂花燕団なので、蓮華は裏方だ。

都では、このスポーツに馴染んできた市民も多い。最初のころよりも、チケットの販売数が伸びている。とくに、安い外野席は瞬殺だったと報告されていた。市井でも、キャッチボールを真似る大人や子供が増えているらしい。

あとは、もちろんいつものように、蓮華の個人出資で屋台も出していた。

今回もバンバン稼ぐで！

「鴻徳妃、屋台の確認をおねがいします」

「あいよ！　今、行くで！」

祭りは稼ぎどきである。芙蓉殿からは、たこ焼き、お好み焼き、フランクフルトなどの屋台を出す。

そして今回の目玉は、初出店のラーメンだ。

小麦文化の凰朔では、麺類はポピュラーな食べ物である。しかし、蓮華がいた日本のものとは根本的にちがう。

凰朔ではシンプルで具が入っていない湯麺《たんめん》が基本形で、地域によって麺の形状が異なる。都の梅安では、刀削麺《とうしょうめん》という生地を包丁で削りながら茹《ゆ》でるものが最も好まれており、日本のきしめんに近い食感になる。

今回用意したラーメンは、ストレート中細麺。豚骨ベースのスープはコクが深いが、意外とあっさり食べられる。凰朔は豚骨のスープが珍しいので、どう受け入れられるか不安ではあるが……ここは勝負や。

屋台には、黄金の龍を模した飾りを施してある。大阪道頓堀の街角を見守る、あのラーメン店の龍を彷彿《ほうふつ》とさせる勇ましさ。

龍は皇帝を象徴する神獣で、縁起もいい。きっと、大繁盛間違いなしや！

「うん！　みんな準備万端、いつお客様が来てもよさそうやな！」

蓮華は屋台の設備を点検してうなずく。

試作段階で味のチェックは終わっているし、従業員もニコニコ笑顔だ。問題ないだろう。

「鴻徳妃ー！　舞台の仕掛けについて、ご相談がー！」

屋台の確認が済んだところで、また別のお呼びがかかる。

今度は新設した舞台の仕掛けについてだった。設計は傑にしてもらったが、演出を含めたリハーサルは、蓮華にしかできない。今日が新舞台の初披露ということで、ガッツリ気合いを入れねばならなかった。

「あいあーい！　ちょい待ってやー！」

蓮華はくるりと身を翻した。

あー、忙しい忙しい。忙しさで目が回りそうや。

いつもなら、もっと仕事を分割して他人にまかせる。蓮華はそこからあがってくる報告を処理しながら行動していた。

しかし、今は立ち止まる暇もない。

立ち止まってしまうと――。

蓮華は、空に向かってはためく幟《のぼり》を見あげた。天を象徴する五本の爪を持った龍が豪華に刺繍《ししゅう》されている。祭りでは必ず立つ定番の幟で、錦の糸によって、神たる皇帝の名も記されていた。

「主上さん……」

天明の名を目にするだけで、頭がぽやんとしてきた。否応《いやおう》なしに真剣な表情で迫る天明の顔も浮かんでしまう。頬に触れると、なんだか熱い気がした。

今日の神輿で担ぎあげるのは、神。天明自身だ。顔をあわせないわけにはいかないだろう。祭りの夜は宴もあり、対外的な寵妃とされている蓮華は、天明に侍《はべ》らなければならない。

久しぶりに……会えるんや。

でも……。

「あかんあかん!」

蓮華は雑念を振り払うように、大股で先を急ぐ。

暇な時間ができると、意識してしまう。こういうときは、足を止めてはいけないのだ。行きはよいよい、帰りは怖い。って、それはちゃうか。

「鴻徳妃ー!」

「はーい! 今、行くでー!」

次々とかかるお声に、蓮華は忙しく対応し続けた。

✿ ✿ ✿

最近の蓮華様はおかしい！

その異変を、陽珊はいち早く察知していた。むしろ、このように近くに仕えていながら、主の変化に気づかぬなど、侍女として失格だ。

大きな変化は、以前にもあった。蓮華が十四歳のとき高熱で寝込み、意識が回復してからだ。妙な訛《なま》りを話し、とにかく行動的になったのは。

それまでの蓮華とは別人のようで、どうしてしまったのかと、使用人たちも心配していた。

しかし、それ以外は変わらず、まっすぐだ。

迷いなく、鴻家でも後宮でも突き進み続けている。最初は戸惑うこともあったけれど、陽珊はいつしかそんな蓮華が好ましくて堪らなくなっていた。

だからこそ、わかる。

最近の蓮華様はおかしい！

気がつけば宙を見てぼんやりとしているし、それを誤魔化すように激務に身を投じていた。以前は陽珊にまかされていたはずの業務も、近ごろは全部、蓮華が仕切る有様だ。屋台の確認など、いつもは陽珊の仕事である。

「蓮華様、どうされたのかしら」

陽珊は悩ましげに息をつく。

それに呼応するように、宦官《かんがん》が隣で腕組みする。

「実は、主上も同じ状態なのです。気落ちして、鴻徳妃に会いたがらない」

午颯馬も、また悩みを抱えているようだった。彼は皇帝である天明の側近だ。陽珊と同じように、主を一番理解していると言ってもいい。

「蓮華様がおかしい理由は、主上に会えないからなのですね」

「ここだけの話ですが」

と、前置きして颯馬は陽珊の耳元で囁いた。

「主上は、鴻徳妃を正妃にと考えております。しかし、鴻徳妃が断ってしまったようで……」

「え!?」

それは初耳であった。陽珊は目を剝《む》いてしまう。

「ど、どうして、そんな……あんなに仲睦まじいのに」

薄々勘づいていたが……蓮華は、そうとう初心《うぶ》な女性だ。色恋の話になると、途端に駄目になる。

「蓮華様は混乱されているだけではないでしょうか……」

「私も、そのような気がいたします」

颯馬も同感のようだった。

これでは、天明があまりに不憫《ふびん》だ。混乱して好機を棒にふる蓮華も、どうかしている。

陽珊と颯馬は、しばらく見つめあう。

「お二人は、ゆっくり話しあうべきなんですわ」

「然《しか》り」

二人の意見は一致した。従者同士、相通じるものもある。言葉をあまり交わさなくとも、陽珊は颯馬と気持ちが同じだと確信した。

「乍様。一つ、ご協力ねがえますやろか？」

「よろしい。私からも提案がございます」

二人でうなずきあった。

主の悩みを陰ながら解決に導くのも、従者のつとめ。

「ところで」

颯馬はあまり表情を変えないまま、陽珊を凝視する。このように見られると、宦官相手とはいえ緊張した。

「なんでしょう？」

首を傾げると、颯馬は言いにくそうに視線をそらす。この宦官は表情に乏しいが、陽珊も少し意図を汲《く》み取れるようになってきた。

「鴻徳妃の言葉づかいが……また移っておりますよ」

「な……」

陽珊はとっさに口元を押さえる。

蓮華の妙な訛りが陽珊にも伝染してしまったので、最近は矯正につとめていた。ずいぶんとよくなったと安心していたのに……油断していた。

「れ、蓮華様のせいです……!」

陽珊は顔を手で覆いながら叫んだ。颯馬は大層不憫なものを見るような目で、陽珊の肩をなでる。

とにかく、お言葉が訛っていて、妙な行動力の化身だけれども、蓮華は陽珊の大切な主だ。後宮に入ったころ、庇《かば》う必要もないのに陽珊を守ってくれたこともある。あれから、この人には一生ついていこうと決めていた。

ここは、侍女として一肌でも、二肌でも脱ごうではないか。

いくらなんでも、ゆっくり話す機会さえ作ってあげれば、当人たちで解決するだろう。

彼らは、あのように仲睦まじいご夫婦なのだから。

二

天翔祭での野球興行は、コ・リーグトップの桂花燕団 対 牡丹鯉団である。蓮華の芙蓉虎団は出場しないので、野球の試合をしている間は比較的自由に動けた。

今回は水仙殿の仙仙が後宮からの行事を主導している。そのため、野球場の運営も水仙殿の管轄だ。野球については、だんだんと蓮華の監修がなくとも、周りの人間でなんとかなるようになっていた。

つまり、蓮華はこの間、休んでいてもいい。

はずなのだが、

「いらっしゃいませー！」

蓮華は働いていた。

新しいラーメンの屋台で、くるくると動き回る。

雑念が浮かぶ暇などない。もちろん、屋台にも蓮華の警護に衛士が数名ついているので安全だ。

「三名様ですね。せやったら、そちらのお席へどうぞ！」

屋台の横に設けた飲食コーナーに、お客を次々案内した。

最初はまばらだったお客も、昼前にはドドンッと増えて大盛況だ。どうやら、客から客へと一瞬で評判が広まったらしい。当初予定していたスタッフだけでは対応しきれなくなっていた。

繁盛の理由には……蓮華の存在も一役買っている。

「あれが主上のお気に入り」

「綺麗なお妃様。こんなに近くで見られるなんてねぇ」

「思っていたより、よく笑って可愛いじゃねぇか」

「鴻家の娘さんらしいぞ。しっかり者だなぁ」

蓮華の名は、都中に知れ渡っていた。

今や野球だけではなく漫才も一般公開されており、徐々に顔が売れたようだ。加えて、毎度毎度、イベントのたびに屋台を出店していたので、蓮華プロデュースの店の評判も定着していた。

後宮の鴻徳妃は、革新的な事業をいくつも抱えるやり手でありながら、主上の寵愛を一身に受ける美女。それが都での評価らしい。知らんけど。

「でも、芙蓉虎団は弱いよな」

「いやいや、味のある球団じゃねぇか。俺は嫌いじゃないぞ」

などという話し声が聞こえてくるが、無視だ。強さではなく、人情と熱心なファンに支えられている球団と揶揄《やゆ》されるが……うっさいわ！　そのうち、ドカーンと勝って見返したるわ！

一方、黄色い声も多い。

「お妃様ー！　こっち向いてー！」

「来季の野球は期待してるよー！」

そんな言葉をかけられると、むずむずする。

「なんや、恥ずかしいわ」

そんなすごいもんでもないんやけどなぁ。せやけど、みんな喜んではるから、サービスしとこか。

ネタを振られたら、全力で返すもんや。

「ほな、行くで」

蓮華は気恥ずかしく思いながらも、両手を広げてみせた。自慢の雄々しい虎柄の襦裙がしっかりと見えるよう、襷《たすき》も外す。

「おお？」

ラーメンを食べていたお客たちが、「なにがはじまるのか」と期待の眼差《まなざ》しを蓮華に向けた。

充分な注目を集めたところで、蓮華は手足を動かしはじめる。脳内では、ムーディでセクシーな雰囲気の曲が流れていた。身体をくねらせ、右足をやや前に出しながら長い裙の裾をたくしあげる。

その動作に、お客から歓声があがった。

「ちょっとだけよ」

色っぽい声を出しながら、蓮華が皆に見せつけたのは露《あら》わになった素足……ではなく、裙に隠していたお手製の手提げバッグであった。

「ほら、サービスや。飴《あめ》ちゃんあげるわ。みなさま、屋台の宣伝よろしゅうたのんますわ」

ニパッと明るい笑みに切り替えながら、蓮華はお客のテーブルに一つずつ飴を置いていった。

男性客の一部はガッカリしていたが、ご愛敬《あいきょう》。こっから先は、有料会員様限定となります〜。おらんけど。

傑が舞台で「ドリフネタもやろうぜ！」と言ったせいか、ついついやってしまった。蓮華としては、東のギャグにちょっと懐疑的だが、案外、ウケはよさそうだ。なるほど、参考になるわ。

「蓮華様」

気前よく飴ちゃん配りをしていると、陽珊が声をかけた。

「あいよー。陽珊、どないしたん？」

蓮華は機嫌よく陽珊をふり返る。

「出前の注文でございます」

陽珊は愛想よく笑いながら、取っ手付きの箱を持ちあげて示した。

「ええ？」

陽珊の言葉に、蓮華は首を傾げる。

基本的に、祭りでは出前のサービスは受けつけていない。野球の試合など、特別なケースに限り、天明にお届けしている程度だ。

「まさか、ご注文先って……」

蓮華は目をそらした。

野球場では、現在、試合を行っており、天明と秀蘭は観戦しているはずだ。そこから、蓮華の屋台に注文が入ったということだろう。

正直、今は顔をあわせるのが気まずい。というより、追い返されるのではないか。

出前は他のスタッフにまかせたいのが本音だった。

「いいえ、蓮華様。今回のお届け先は、主上ではないのです」

しかしながら、陽珊は意味深に笑いながら、メモ書きを蓮華に見せた。

「で、でも、これ野球場や……」

「よーく見てくださいませ。貴賓席です」

たしかに、メモ書きには野球場の貴賓席が指定されている。

球場には庶民の座るスタンドと、貴族たちの貴賓席、そして天明のいる特等席が設けられていた。

「ここだけの話……さる貴族のご令嬢からの注文にございます」

「さる貴族のご令嬢……？」

陽珊の言い方が妙だったので、つい胡散臭《うさんくさ》そうな返しをしてしまう。

名前を隠すような家の令嬢？　どこの？

「ええ、ええ。ご病気で、外出が困難だとか……拉麺《らーめん》の噂《うわさ》を聞きつけて、ぜひ、食べたい！　と、涙ながらに懇願され……駄目だと思いながらも、注文を承ってしまったのです。これは、人助けなんですわ！　きっと、蓮華様が出前に行けば喜ぶはずや！」

陽珊は大袈裟に身振りを交えながら語りはじめる。

どうでもええけど、陽珊が饒舌《じょうぜつ》になればなるほど、関西弁の訛りが強くなっていた。本人は、まったく気づいていないようだ。ツッコむと嘆くので、最近はスルーしてあげている。

「そういうことやったら……」

どうも眉唾な話だが、陽珊がこれだけ言うのだから動かないわけにもいかない。

蓮華は戸惑いながらも、出前用の箱を受けとろうと手を伸ばした。もうすでに、ラーメンは用意されている。早く届けないと、伸びてしまうだろう。

と、そのとき。

「きゃあ！」

「ど、どうしたんだ!?」

叫び声と、ガッシャーンガラガラと派手な音が響いた。屋台に設けられた飲食コーナーが騒然とする。

「どないしたんや！」

蓮華は出前の手を引っ込めて、くるりと身を翻した。

地面に倒れた椅子と、ぐったりする女性の姿が確認できる。倒れたようだと、一目でわかった。

「ごめんやで、陽珊！　ラーメン、届けといてや！」

「ああ、蓮華様！」

陽珊が叫んで引き留めるが、お客様が大事だ。飲食中に倒れた客の対応をしなかったとなると、信用問題にも関わる。幸い、貴賓席なら蓮華付きの侍女である陽珊にも配達できるはずだ。

「姉ちゃん、大丈夫かいな！」

倒れた女性の顔色は悪かった。ラーメンを食べようとしたところで意識を失ったらしく、まだ手つかずのラーメンがテーブルに置いてある。食中毒ではなさそうなので、ひとまず安心した。

「つ、妻は疲れていたようで……休憩のつもりで、注文したんです」

女性の旦那さんらしき男性が、慌てて状況を説明してくれた。

たしかに、この屋台で注文すれば、椅子とテーブルが用意されているため、休憩になるだろう。男性の主張は筋がとおっている。

「ただの疲労やったら、裏で休んでもろたら……いや」

女性は顔色が悪く脂汗がにじみ出ており、熱がありそうだ。手首に触れると、脈拍が速い。唇がカラカラに乾燥し、肌の弾力もやや低下しているようだった。

これは……。

「奥さん、今日はお水を飲んでましたか？」

「え、ええ？　水？」

男性はキョトンとしながら考えはじめる。

「あんまり……見た覚えがないです」

今日はよく晴れている。秋なのに、汗をかくほど暑かった。

「身体の水分が足りへんのや。こら、脱水症状やと思う」

日本にいるとき、熱中症は身近だった。とくに夏場は警戒して、従業員の水分補給には気を遣ったものだ。

大したことはないと侮れば、命を落とす。

「お店の日陰をお貸しします。ちゃんと水分とって、歩けるようになったらまっすぐお家に帰りや」

蓮華は即座に、スタッフへ指示を出す。こんなこともあろうかと、担架を用意しておいてよかった。

「氷を革袋に詰めてや。首筋や脇に当ててると、熱が楽になるで」

「かしこまりました、鴻徳妃」

女性は手際よく、スタッフによって担架で屋台の裏手へと運ばれていく。野球の試合では怪我人《けがにん》が出ることもあるし、熱中症患者も発生する。芙蓉殿の者たちには、普段から処置の教育が行き届いていた。

「こ、氷まで……そんな貴重な……お代が払えません……」

男性は財布を取り出しながら、緊張した面持ちで震えている。見たところ、そこそこ金銭に余裕がありそうだが、富裕層とまではいかない。一般的な中間層といった出《い》で立《た》ちだ。

「お金なんか取らへんよ。お代はラーメン代だけで結構や。氷は、店の余りやし、気にせんといて」

困っている人がいたら、助ける。大阪のオカンの教えだ。立派な大阪マダムになるためには必要な心構えだった。

蓮華は当たり前のことをしているだけである。

「で、でも……」

「気にするんやったら、せやなぁ。また屋台出したら、奥さんと二人で食べにきてや。自信作やさかい、楽しんでもらえたら一番嬉しいわ」

ニコリと笑うと、男性は戸惑った様子で放心していた。だが、やがて目に涙がたまっていく。

「あ……ありがとうございます！　必ず！　必ず！」

男性が深々と頭をさげるので、照れくさい。

「凄腕《すごうで》なだけでなく、お優しいお妃様だ……」

「女神じゃないのか？」

「いや、天女だ」

周りの客たちも、みんな蓮華を讃《たた》える言葉を口にしていた。「女神」だとか、「天女」だとか言われると、さすがにむず痒《がゆ》い。

そないに、ええもんちゃうわ。実態は、カーネル・サンダースの代わりに道頓堀に落ちて溺れた女やで。

「主上は、いい正妃に恵まれましたなぁ」

蓮華は照れ笑いした。

しかし、こんな言葉を耳にして、蓮華は硬直する。

——お前が、正妃になって世継ぎを産めばいいのだ……俺は、そうしてほしい……。

う……。

期せずして、天明の顔で脳内が埋め尽くされた。

正妃という言葉だけが何度も何度もリフレインして、ここにいないはずなのに天明の声が聞こえてくる。

「せ、正妃ちゃうわ……」

蓮華は否定したいのに、小さな声しか出なかった。こんなことは初めてなので、自分でも戸惑ってしまう。

「う……うち、心配やから、さっきの奥さんに少しついとくわー！」

考えるな、蓮華。煩悩退散や。蓮華は呪文のように頭の中で唱えながら、屋台裏へと走った。

「く……計画失敗です……」

慌ただしく走っていったせいで、口惜しそうになにかを嘆く陽珊の姿なんて、気にも留めなかった。

多少のトラブルはあったものの、なんとかなった。

あのあとしばらくして、奥さんは回復した。無事、旦那さんに連れられて家路につく。精力をつけてほしくて、お好み焼きのお土産も持たせてあげた。

蓮華はそこまで見送って、一息つく。

「さすがに、朝から動きすぎたかもしれへん……」

蓮華は大きく伸びをしながら歩いた。

ラーメンの屋台は軌道にのったので、順番にたこ焼きやお好み焼きのほうも見に行かねば。売り上げの報告はあがっているが、客足や従業員の様子などは、直接、確認したいのだ。

気がつくと肩も凝っているし、足も棒のようだった。少し休まなければ、さっきの奥さんみたいに倒れるかもしれない。

そんなことはわかっとるけど……。

「鴻徳妃」

抑揚に乏しい声で呼ばれ、蓮華は反射的に顔をあげた。

屋台の並ぶ都の大通りは活気にあふれている。その中で、蓮華を呼んだ者は、見覚えのある顔をしていた。

「颯馬。どないしたん？」

颯馬は天明についているはずだが、いったいこんなところでどうしたのだろう。蓮華は近くまで駆け寄った。

「実はご相談が」

「はいはい、聞きますよっと。なんなりと、どうぞ～」

なにか不都合でもあったのだろうか。蓮華は調子よく返事をした。

「もうすぐ野球の試合が終わります。そのあと、神輿の最終打ち合わせがあると聞いているのですが……」

たしかに、予定に入っていた。

凰朔には神輿の文化がないので、わかりやすく神たる皇帝を輿にのせて担ぐ。ただし、担ぎ手は全員、後宮の女たちである。力に自信のある者を中心に人数も多めに選抜したが、皇帝を落とすなどということがあったら一大事だ。一度、本人に似た背丈の衛士でリハーサルをしようという話だった。

「責任者の王淑妃から、ぜひ、鴻徳妃も打ち合わせに参加してほしいとの要請があったのです」

「え……」

これは困った。

たしかに、蓮華は神輿の提案者で、礼部との遣《や》り取《と》りも中心になって行っている。しかし、責任者はあくまでも仙仙だ。とくに、神輿については、傑も知識を持っているので、ある程度企画が進行した時点でまかせていた。蓮華が口を出せるのは、演出や飾りの話である。

「仙仙と傑で充分やと思うけど……」

この段階で蓮華が行っても、さほど役に立たない。

それに……。

「大丈夫ですよ。主上はいらっしゃらない予定になっておりますので」

蓮華の気持ちを察したように、颯馬はつけ加えた。

そうだ。実際にリハーサルで担ぐのは、背丈が似た男性であり、天明本人ではない。リハーサルを見にくる可能性はあるが、それも颯馬の言葉で否定された。

天明に会いたくない、というわけではない。

ただ、気まずいのは苦手だ。第一、天明のほうが蓮華には会いたくないのだろう。

何度も対面を断られているため、蓮華も気弱になっていた。

「うーん……主上さんがおらへんのやったら……まあ」

蓮華はあいまいに返事をしようと、重い口を開く。

が、その瞬間、遠くで大きな音が響いた。

ひゅーん……ドンッ！

聞き覚えのあるそれは、花火だ。

蓮華が慌てて空を見あげると、青空に火薬が散り、白い煙があがっていた。

「なんでやねん！」

蓮華は思わず叫びながら頭を抱えた。

花火は夜の予定だ。この時間にあがるはずがない。

間違いで点火しただけならいいが、そうでないなら一大事である。打ち上げ花火の事故は洒落《しゃれ》にならない。

大変だ。

「うち、ちょっと確認してくるわー！」

蓮華は反射的に、ピューンと駆け出していた。護衛の兄ちゃんにも、「行くで！」と声をかける。

「ああっ、鴻徳妃！」

颯馬が珍しく大きな声を出して呼び止めるが、これぱっかりは優先順位がある。リハーサルは、仙仙たちでなんとかしてほしい。

「仙仙には、ごめんって言っといてやー!　あとで、行けたら行くわー!」

蓮華は走りながら叫んだ。

いつもより、颯馬がわかりやすく肩を落としているが、気にする余裕はない。下手をしたら、人命に関わる。

こんなことなら、今日は走りやすい袍服にしておけばよかった。

❁　❁　❁

野球の勝敗は、高く打ちあがった白球によって決した。

試合を見届けた頃合いに、天明の席へと颯馬が帰ってくる。

「どうした、颯馬」

颯馬はいやに落ち込んでいるようだ。彼が、このようにわかりやすい顔をするのは珍しいので、天明は怪訝に思った。

「いえ……なんでもございません」

「?」

気にはなるが、颯馬がそう言うならば深掘りはやめておこう。

野球観戦が終わり、次は神輿とやらの打ち合わせだ。天明は本番のみ輿にのる予定だが、見学することになっている。颯馬がやけに強く「念のため」と勧めてきたので、行ってやることにしていた。

さきほども、なぜか「貴賓席のほうが見やすいとうかがっております」と執拗《しつよう》に言われ、席を少しの間、移動していた。

天明としては、どこから見ても一緒なのだが……たしかに、選手の顔はわかりやすくてよかった気がする。そういえば、あの提案をされたときも、焦った様子であった。彼にしては非常に珍しい。

今日の颯馬は、いつも以上に天明への発言が多かった。

「早めに行くか」

次の予定のため、天明は腰をあげる。

野球の試合は終わり、秀蘭によって発表された英六武威妃《えむぶいぴい》が勝利会見を行っているところだ。

天明は野球に大して興味はないが、さすがに祭事のたびに観戦していれば、決まり事も理解してしまった。

「試合は楽しめましたか？」

颯馬が問うので、天明は考え込む。

「采配は、あいかわらず桂花燕団のほうが上手かった。清藍の妹は才があると聞いていたが、野球の采配も秀でているとはな。しかし、牡丹鯉団が鉄壁の守備で粘り勝ちしてしまった。桂花燕団が負けはしたが、なかなか手に汗握る試合であったと思う――く……なぜ、俺は珍妙な遊戯について語っているのだ」

天明は額に手を当てた。

これでは、楽しんで観戦したかのような感想ではないか。いや、実際に退屈はしなかったが……しなかったが！

「主上は桂花燕団がお気に入りですからね」

「まるで俺が野球を好きであるかのような言い方はやめてくれないか」

「なんだかんだ、お好きではありませんか」

「慣れてきただけだ」

野球は秀蘭のほうが詳しい。彼女は芙蓉虎団を贔屓《ひいき》にしている。今日も蓮華の真似をして、虎の髪飾りで参上していた。秀蘭と野球の話をすると、贔屓の球団で意見が割れるのだ。悩ましい。

「主上も球団を持たれてはいかがですか」

「断る！」

天明は強く否定した。野球はやらぬ。

「お前まで、蓮華のようなことを言うな」

蓮華からも、野球をしてほしいと乞われている。天明の筋肉を無駄とかなんとか言いながら……いや、あいつのことを考えるのはやめておこう。思考が阻害され、他のことが考えられなくなってくる。

天明は重い息をつく。

「主上。至急、お耳に入れたい報告が」

特等席からおりた天明の前に、清藍が傅《かしず》いた。祭事の最中だ。よほど緊急性が高いのだろう。

天明は周囲に人目がないのを確認して、発言を許可した。

「例の件ですが」

周辺都市に野盗が増えた件についてだ。先日、斥候隊を向かわせたと聞いていたが、なにか進展があったのだろう。

「斥候が連絡を絶ったまま戻ってまいりません」

「そうか」

あまりよくない報告だ。

天明は黙考する。ただの野盗であれば、通常はさほど統率がとれていない。清藍の選んだ斥候がしくじるなど、あり得ない話だ。

しかし、相手が組織的に活動しているとしたら――たとえば、軍隊。地方から傭兵《ようへい》を集めているのだったら、厄介だ。

けれども、地方の動向も含めて、凰朔では常に警戒している。

なにか不審な動きがあれば、もっと早い段階で気づけるはずだが……いや、役人の権限が弱い州はある。主に旧来の貴族たちが治める地域だ。そのようなところは、禁軍から直属の間者《かんじゃ》を派遣して逐一監視している。

出遅れた原因があるとすれば……官吏登用試験での暴徒騒ぎだ。禁軍を動員して騒動をおさめるため、しばらく梅安の警戒態勢を強めていた。あのときは、地方まで目を配るのがむずかしかった。

悪いことに、結局、騒動を起こした者を特定できていない。

蓮華にわざと情報を流した紫耀の目的が気になるところだが……まさか、すべて仕組んでいたか。

嫌な予感が繋がっていく感覚。

それとも、偶然か。

考えすぎならいいが。

「仮に兵が動いているとして、挙兵の理由がわからない」

天明や秀蘭と対立する勢力はいる。

だが、仮に兵を挙げたところで、予測される勢力には差があるのだ。禁軍だけでは敵《かな》わぬが、皇帝派の諸侯たちを敵に回すことを考えると分が悪い。自らが先頭に立ちたい遼博宇に、そこまでの根回しが可能だろうか。

「大義がない者に、人はつかない」

天明の頸だけを狙うなら易《やす》いが、その先はない。

現状、遼家にそこまでの求心力はなかった。

「引き続き、警戒します」

「そうしてくれ」

短い遣り取りのあと、清藍はさがっていく。

球場では、勝利球団を讃える歓声が響いていた。

民衆も貴族も、分け隔てなく同じ娯楽に興じている。

天明は野球という遊戯に興味はない。

しかしながら、この光景は好ましいと感じていた。

もっと多くの者が、笑みを絶やさぬ国となればいい。

天明一人の力では成せないことだ。

「…………」

どうせ、蓮華は今も、他の誰かのために走り回っているのだろう。あれはそういう性質《たち》の女だ。閉じ込めたところで、どうにもならぬ。

自分だけのものにしたいと思うことが、間違いなのだ。

三

うー……ヘロヘロやわ……。

蓮華はトボトボと歩きながら、ため息をついた。ため息は幸せが逃げていくと、大阪のオカンから何度も注意されている。それでも、出てくるものはしょうがない。堪忍やで。

さすがに気を張りつめすぎたのかもしれない。いつもよりもトラブルが多くて、対処に奔走していた。

結局、花火はただの誤発射で、大した事故ではなかったからよかった。

と、一息つこうとした矢先。

「……って、ちょい待ち!」

疲れた視線の先で、見過ごせないことが起こっていた。疲労もなんのその、こういうときは、身体が俊敏に動く。

屋台が並ぶ大通り。人々が行き交い、混雑していた。そこに紛れ込むように、男がこそこそと歩いている。やがて、若い女性にわざとぶつかっていった。

そのとき、蓮華は確かに目撃する。男が女性の懐から、財布のようなものを抜き取っていった。

「スリや！」

蓮華は声をあげながら、男に突っ込んだ。

「な……!?」

不意に横からの蹴りを受けて、男が目を剝きながら倒れ込む。

男の懐から、いくつか布袋が飛び出る。これまでに盗《と》った財布類だろう。初犯ではなさそうだった。

「そ、それ……あたしの！」

財布を盗られた女性が声をあげる。周囲も反応して、男を睨みつけた。

「くそ！　女がッ！」

男はのしかかる蓮華を払い除《の》けて、這《は》うように逃げる。さすがに、蓮華も男から全力で抵抗されたら手も足も出ない。いとも簡単に転がされてしまった。

けれども、男が逃げ果《おお》せることはないだろう。

「頼むで！」

「はっ！」

男の進路に待ちかまえていたのは、蓮華の護衛であった。バリバリ現役で活躍中の衛士である。鍛え抜かれたムキムキボディは惚《ほ》れ惚《ぼ》れするほどだ。

そんな兵隊さんに、男は呆気《あっけ》なく取り押さえられてしまった。

「な、なんでこんなところにぃ……」

泣き言を吐きながら、スリの男はお縄についた。

冷ややかな視線を向けながら、蓮華は襦裙についた砂を払う。晴れているおかげで、地面が泥濘《ぬかる》んでいなくてよかった。

「因果応報や。罪は償わなあかん」

この国には格差がある。貧困に喘《あえ》ぐ人々がいて、生活がままならない現状も理解していた。盗みを働くのも、仕方がない面もある。

でも、不当に他人からお金を巻き上げていいものではない。蓮華には、見過ごせなかった。

「いつか、こんなん、なくなればええんやけど」

目を伏せつぶやいた言葉は、誰にも聞き取れない声量だ。

でも、たしかに蓮華の胸に刻まれた。

「鴻徳妃」

護衛のお兄ちゃんが、困った顔で蓮華を見ていた。スリの男を連行したいのだと、なんとなく雰囲気で察する。

「ええよ、行ってきいや。うちやったら、大丈夫や。陽珊たちとラーメンの屋台にでもおるさかい」

スリを逃がすわけにはいかない。蓮華の護衛は結構なので、ちゃちゃっと連行してきたほうがいいだろう。

「申し訳ありません。すぐに戻ってまいりますので……くれぐれも！　屋台から離れぬように！」

「わかっとる、わかっとる。大丈夫や」

蓮華は軽く笑って手をふった。念押しが強すぎて、信用されていない気がする。いや、単に仕事熱心なだけか。働き者は見ていて気持ちがいい。

スリを連行する護衛を見送って、蓮華はくるりと踵《きびす》を返す。ラーメンの屋台は、さほど離れていない。

と、その前に。

蓮華には気がかりがあった。

「あー……さすがに、誰もおらへんか」

一応、颯馬から言われていたので、蓮華は神輿のリハーサル会場に来てみた。

本当は護衛との約束通りに屋台へまっすぐ向かうほうがいいのだろうが、なにせ、場所が皇城の広場だ。さすがに、こんなところで襲われるなんて、そうそうないだろう。むしろ、屋台よりも安全なので、寄り道してしまった。

けれども、リハーサルのメンバーは、すでに解散しているようだ。

「遅すぎたわ」

皇城の広場に、ポツンと神輿だけが残されている。

仙仙と颯馬には、あとで謝るとしよう。

「そういや、神輿の設計は傑にまかせたからなぁ……完成形見てなかったわ」

蓮華は疲れた足どりで、神輿に近づいた。

輿についた屋根のデザインは、日本の神輿に寄せてある。鳥居の代わりに神獣である龍があしらわれているのが凰朔らしい部分だ。

和風と中華風が上手い具合に融合して、昔のハリウッド映画にありがちなナンチャッテ日本のような妖しげな雰囲気が醸し出されている。これはこれで、嫌いな方向性ではなかった。

「よっこい、しょういち……っと」

蓮華は輿によじ登って、中をのぞき見た。

さすがに、皇帝がのるために作っただけのことはある。内装にも、しっかり彫刻と着色が施されていた。椅子も立派で、二人くらいなら余裕で腰かけられそうだ。総重量は、なかなかのものだろう。本当に女の担ぎ手で大丈夫か不安になるものの、人数は集めてるから、ま、イケるやろ。

「へー……結局、中はこうなったんや」

蓮華は、ついつい細部まで観察してしまう。

椅子に座ると、これまた居心地のよさに驚いた。

仙仙は普段から、碑とか廟堂とか言っているが、実際の仕事も派手好きだ。同じく目立ちたがり屋の柳嗣とは方向が異なり、伝統的で凝った意匠を好んでいた。すぐに、巨人カラーとうさぎモドキで埋めたがる傑のセンスでは、こうはいかない。

「ん？」

ふと、蓮華は彫刻の一部に目を奪われる。

優雅な龍の彫刻に惹《ひ》きつけられがちだが、紛れるように施された模様がある。

丸い頭を中心に、足が八本。

太陽みたいだけれど……。

「蛸《たこ》？」

一度、そう感じてしまったら、もうそれ以外には見えない。神輿の内部には、蛸が彫られていた。

そういえば、天明が探してくれた壁画の写しが蓮華の手元にある。あれにも、神のごとく祀《まつ》られる蛸が描かれていた。

延州の西に住む山の民に伝わる壁画だと、天明から説明されている。

仙仙は延州から後宮に輿入れした姫で、山の民とも関わりが深い。どうして、海ではなく、山の民が蛸を知っているのだろう……。

「仙仙に聞いてみなあかん!」

もしかすると、蛸が手に入るかも!

今、蓮華が作っているたこ焼きは、蛸なしだ。代わりに牛肉の煮込みや、煮魚を使用している。

美味しく食べられる工夫はしているものの、やっぱり物足りない。蛸の弾力ある食感がなければ、たこ焼きは完成しないのだ。

やっと、本物のたこ焼きが作れる!

凰朔国に転生して、記憶を取り戻してからというもの、蓮華はずっと蛸に焦がれていた。

お好み焼き、肉吸い、串揚げなどなど、様々な食文化を再現しようと奮闘してきたけれど、たこ焼きが一番。たこ焼き居酒屋チェーンに勤めていたからかもしれないが、たこ焼きの話となると、血が騒ぐ。

「たっこ焼き～！　たっこ焼き～！」

跳ね回りたい気持ちでいっぱいだったけれど、神輿の内部はそんなに広くない。ウキウキな気分にあわせて、身体を左右に揺らした。

これまで、鴻家のネットワークを駆使して、蓮華は何度も蛸を入手しようとしたが、上手くいっていない。天明が皇帝パワーを使っても、駄目だ。クラゲやタラバガニが届く結果に終わった。

凰朔国の人間にとって、蛸の見目は奇抜すぎて、食べ物として認識されるのがむずかしいらしい。文化と感覚のちがいに、ずぅっと悩まされてきた。

「あー……」

蛸、食べたいなぁ……。

お腹《なか》が空《す》いてきた。

ぐぅ～……と、鳴り響く音を聞いていると、疲労感も増してくる。

屋台へ帰って、賄いでもつまんだほうがいいかもしれない。蓮華は電池が切れたみたいに、ぐったりと背もたれに身をあずけた。

ギャル神輿のイベントで、蓮華は先頭に立つ予定だ。後宮らしく華やかにというコンセプトのもと、担ぎ手以外にも舞手と歌い手、奏者が用意されている。テーマパークのパレードの様相となる計画だった。

派手好きな仙仙らしい発想だ。ちなみに、傑がやりたがった盆踊りは却下されたらしい。代わりに花火があがるので、我慢してもらっている。

「うー……」

だんだんと、まぶたが重くなってくる。

賄いも食べたいけど、ちょっとだけ……休憩……しよか……。

椅子に身を委ねて、蓮華は崩れるように寝落ちした。

❀　❀　❀

蓮華が提案したと思《おぼ》しき伽流神輿とやらは、天翔祭の目玉として日没前に予定されている。

それまで時間が空いたので、天明は皇城の奥にひかえていた。

野球観戦はやたらと長くて疲れるし、余計な考えごとは多いし……とにかく、普段の祭事よりも疲労がたまっている。

貴族たちの宴にも顔を出したほうがいいのだが、どうにも気がのらない。神輿とやらにのせられ、最後に豊穣《ほうじょう》の儀に参加しておけば、最低限の職務はまっとうできる予定だ。

それに……宴に出ても、どうせ蓮華は来ない。あいつは、いつもなにかと理由をつけて、酒席を欠席する。

今回はとくに、天明になど、会いたくはないだろう。

いや……。

「鴻徳妃の屋台へ行ってみますか？」

天明の心中を察したような間合いで、颯馬が問う。それが面白くなくて、天明は口を曲げた。

「新作の麺料理、屋台で食べねば味が落ちてしまうそうですよ」

「……皇帝が、市井の屋台へ出向けば騒ぎになるぞ」

「以前にも、変装して出ていかれたではありませんか」

「…………」

状況が異なる。今回は蓮華に護衛もついており、一応、管理下にいる。勝手に後宮を飛び出していったときとはちがうのだ。

「主上は、鴻徳妃に会いたくないのですか？」

颯馬の問いに、天明は目をそらした。

蓮華が天明に会いたがらないのではない。

なんだかんだと理由をつけて、会いたくないのは天明のほうだ。

気がつけば、蓮華のことを考えて、蓮華を求めている。だのに、自分からは会いにいこうとしない。

矛盾しているし、いまさらなにを恐れるのかとも思う。

秀蘭と対立したときも、そうだ。天明は真っ向から秀蘭を拒み、語りあおうともしなかった。

相手の本心を知るのが怖い——否、自らを晒《さら》すのが怖いのだ。

そういう性根は、なにも変わらない。

それに気づいたのも、蓮華といたからだというのに。

これでは、蓮華がいなければ、なに一つ成せぬのと同じだ。

「主上……」

悩ましげな天明に、颯馬もかける言葉がなさそうだ。

言いたいことは、天明自身もわかっている。この男は、それを察してくれるから楽であった。

しばらくして、外が騒がしくなる。

「主上！　主上にお目通りを……！」

何者かが、天明に近づこうとしているようだ。

颯馬が警戒する。天明も立てかけてあった剣に手を添えた。けれども、騒いでいるのが女の声だと気づいて、二人は顔を見あわせる。

「確認してまいります」

颯馬が言って、部屋から出る。

だが、いくらもしないうちに戻ってきた。

「主上、お通しいたします」

颯馬が連れてきたのは、女だった。見覚えのある顔……芙蓉殿で、いつも蓮華の世話をしている侍女の陽珊である。

「も、申し訳ありません……」

陽珊は泣き腫らした目を伏せ、天明の前で膝をついた。

それだけで、天明は椅子から立ちあがってしまう。彼女がこんなにも取り乱している理由など、一つしか浮かばない。

「どうした。申せ!」

「蓮華様が……見つからないのです……」

陽珊の目尻から涙があふれる。まともに言葉も発せられぬほどの嗚咽《おえつ》を漏らしながら、足元に崩れた。

天明は居ても立ってもいられなくなり、陽珊の肩をつかむ。

「蓮華には、護衛がついていたのではないのか！」

「街で泥棒を捕まえたときに、別れてしまったようで……そのあと、どこへ行ったのか……誰にも、わ、わか、わからなく……も、申し訳ありません！　私のせいや……嘘やぁ……蓮華様がどこにもいはらん……」

「訛っているぞ！」

「蓮華様のせいなんです――――！」

もう、なにを遣り取りしているのか、こちらまで混乱してきた。

陽珊はいつだって、蓮華のために働いている。今回も、許可なく天明への目通りを乞えば、最悪、衛士に斬《き》られるところだ。危険を承知で、蓮華を見つける方法を考えたのだろう。

蓮華は自由に飛び回る女だ。

だが、誰にも言わず勝手にいなくなるとも思えない。

以前、王淑妃とともに連れ去られた事件を思い出す。

あのときのように、なにかに巻き込まれたか。それとも、反秀蘭派の連中が蓮華を狙ったか。

考えを巡らせる前に、天明は飛び出していた。慌てた颯馬と陽珊が、あとをついてくる。

「主上、お心当たりはあるのですか」

「あるわけがない！」

冷静さを欠いている。無闇に突っ込んでいる自覚はあった。

「祭りの最中に妃がいなくなったとなれば、騒ぎだぞ。清藍に伝えて、事を荒立てずに捜させろ」

「御意」

当てはないが、捜すしかない。

天明は苛立《いらだ》ちながら、足だけを進めた。

後宮や屋台にいれば、陽珊がここまで懇願に来るはずがない。ということは、街中か……伽流神輿や花火にも、蓮華が関わっていたか。

「くそ……あの女は、行動範囲が広すぎるのだ」

悪態をついても、どうにもならぬ。しらみつぶしに捜すしかない。

ねがわくば、暢気《のんき》な面《つら》で、お好み焼きでも食べていてほしいものだ。こちらの徒労感は計り知れないだろうが、見つからないよりは遥かにいい。

「主上、こんなところにおられましたかぁ！」

しかし、急ぐ天明の前に両手を広げながら現れたのは、鴻柳嗣だった。今まさに、捜している蓮華の父親だ。

柳嗣はあいかわらず派手な装飾の衣を揺らして、浮かれている。祭りで飲む桂花陳《けいかちん》酒《しゅ》の香りがして、息も酒気を帯びていた。

「旦那様、今はそれどころではないのです！　蓮華様がいなくなってしまって……」

天明について歩いていた陽珊が前に出る。彼女は蓮華が鴻家から連れてきた侍女だ。柳嗣とも顔見知りであった。

「蓮華がぁ？」

陽珊は切迫した表情で告げたが、対する柳嗣は首を傾げていた。娘がいなくなったと聞いた親の顔ではない。

「蓮華を捜しておったのか。そうか。ならば、話は早いなぁ！」

柳嗣は商人らしい抜け目のない笑みを浮かべて、陽珊と天明を手招きした。なにがあるというのだ。天明は怪訝に思ったが、ここは柳嗣に誘われるままあとをついていった。

「蓮華なら、あちらですよ」

「は……？」

しばらく行って示されたのは、広場に置かれた輿であった。伽流神輿で、天明がのる予定のものだ。

打ち合わせが終わり、今は誰もいないはずだ——だが、神輿の中に何者かの影があった。

「…………！」

天明は脇目もふらず走り出す。

変わった意匠の輿には、椅子が備えつけてある。天明が座る場所だが、そこで、図々《ずうずう》しくも寝息を立てている女がいた。

「こいつ……」

その顔を見た瞬間、天明は膝から力が抜けてしまう。

「蓮華様！」

あとから来た陽珊が叫びながら泣いている。柳嗣は自慢げに髭をなでながら、胸を張っていた。

「……どれほど心配させたと……」

暢気な面でお好み焼きでも食べていればいいと思ったが、あれは嘘だ。徒労感が尋常ではない。腹も立ってきた。

同時に、心底安堵《あんど》した自分に気がつく。怒鳴る気力もわかず、気持ちよさそうに寝息を立てる蓮華の顔をながめてしまう。

「……しゅじょうさん……」

寝言だ。蓮華は咀嚼《そしゃく》するように口を動かしながら、なにかを言っていた。天明を呼んでいるように聞こえるのは、自意識過剰かもしれない。

「たこやき……できたでぇ……ほんまもんの……ふへへ」

平和そうな夢で結構だ。心配して大損した。

試しに指で頬を突くと、蓮華は笑い声をあげながら涎《よだれ》を垂らす。これが後宮の妃とは笑わせる。

「蓮華様、蓮華様！　そのようなところで寝ていたら、お風邪を召されますよ！」

陽珊が声をあげながら、輿にあがろうとした。

しかし、天明は陽珊の前に掌を突き出し、制止する。

「寝かせてやれ。疲れているのだろう」

静かにしろ。と、人差し指を立てて言うと、陽珊も表情を改める。涙のあとのついた顔を袖で拭い、唇を緩めた。

「掛け物をとってまいります」

「そうしてくれ」

芙蓉殿へ行くのは慣れているが、天明が蓮華の寝顔を見る機会はほとんどない。こんなにも幸せそうな顔をするのかと思うと、もう少し、ながめていたくなった。

そして、どうしようもなく……守ってやりたい。いくら手間をかけられようが、頭を悩まされようが、それでよいと感じられた。

彼女の翅はもぎたくない。

でも、束の間《つかのま》でいいから、自分のもとで翅を休めてくれたらいい。

「人の気も知らずに」

この妃は、自由なのがいいのだ。

どこへでも飛び回る翅が、堪らなく美しくて愛おしい。天明のもとにいてくれなくとも、彼女らしく振る舞っているのが一番嬉しかった。

きっと、檻に閉じ込められた蓮華は、今の美しさを失うだろう。

天明がやるべきは、檻に入れて大事にすることではない。

蓮華が自由に飛べるよう、守ってやることだ。

そして、凰朔という広大な庭が美しい花園であるように、水を撒き、土を整え、陽射《ひざ》しを与える。

ずっと、皇帝には最黎が相応《ふさわ》しい、自分はその器ではないと信じていた。今でも、心の奥底に根づく考えは変わっていない。

最黎がいないから、天明が玉座に座るしかなかった。仕方なく、自分が皇帝をやっているのだ、と常に考えていた。

その思いは簡単に払拭できない。どこかで、最黎がこの国を治めることを求めてしまう。

だが、蓮華を見ていると——蓮華のために。彼女の自由のために、この国を治めたいと考えられる。

女のために間違った判断をするのは、前帝と同じなのかもしれない。

天明は溺れている。

自覚はあるが、それでも、天明は蓮華のためなら歩いていけた。

「こんなところで眠るお前が悪いのだ……心配させられたのだから、文句は聞かぬ」

そうつぶやく声は、聞こえていないだろう。蓮華はなにも知らぬ顔で、口をもごもごと動かしている。

天明は輿についた帳《とばり》をおろした。

薄い仕切りが、外部からの視線を遮断する。

寝ている蓮華に顔を近づければ、甘く刺激的な香りがした。

粉もんにかかっている汁の匂いだ。

唇も、同じ味がするのだろうか。

四

赤子が泣く声がする。

まどろみの中で、蓮華は薄らと目を開けた。

なんの変哲もない部屋。

広いダイニングテーブルには、馴染みのラベルが貼られたお好み焼きソースが数種並べてある。あとは、卓上醬油《しょうゆ》に塩、ふりかけ、ポン酢など、定番の品々だ。実に庶民的な光景だった。

頭をあげて視線を巡らせると、使い込まれた台所がある。シンクには、朝ごはんのお茶碗《ちゃわん》などがつけ置きされたままだ。

ぼんやりしていると、リビングからいっそう甲高い声があがった。

赤子が母親を求めて泣いている。

蓮華はとくになにも考えず、ベビーベッドへ歩み寄った。

むちむちの手足をした赤子は、搗《つ》き立ての餅みたいに可愛くて美味しそうだ。

赤子は蓮華を見た瞬間、両手を伸ばして笑顔になった。

うちが、母親なんや……身に覚えはないはずなのに、自然とそう感じた。

これは夢だとわかっている。

日本にいたら、訪れたかもしれない未来の夢だ。

旦那どころか、彼氏もいなかったけれど、長い人生、もしかしたら家庭を持つこともあったかもしれない。知らんけど。

凰朔国にいる蓮華は赤いカーディガンも、エプロンもつけていない。絢爛豪華な後宮で、虎柄の漢服に身を包み、妃として生きている。

うち、帰りたいんやろか。

蓮華は後宮でたこ焼きを回し、お好み焼きを返し、野球のバットをフルスイングしている。可能な範囲で、自由に生活していた。

けれども、全部日本と同じではない。

こういう夢や妄想は、ときどきある。そのたびに、蓮華は「日本に帰りたいのか」と、自問自答していた。

でも……日本でやり残した夢はあるけれど、凰朔国でもやりたいことが、まだまだ山積みだ。

まあ、帰れるもんなら悩むかもしれへんけど……帰られへんしな。この夢も、ないものねだりの類や。

そうしているうちに、歩いていないにもかかわらず、身体が上下に動きはじめる。

そろそろ夢から醒《さ》める兆しだろう。誰かに揺さぶられているのかもしれない。

腕に抱いていた赤子は消え、周囲に人の気配を感じた。なにやら騒がしくて、落ちつかない。

頭の辺りに当たる生暖かいものが、やけに心地いい。まるで実家のような安心感。

誰かに膝枕でもしてもらっているかのようだった。

そういや、うち……どこで寝てたっけ？

眠りに落ちる前の記憶があいまいだ――。

「ん……」

長い睫毛《まつげ》を動かして、蓮華は目を覚ます。

まっさきに、視界に飛び込んできたのは……おかしい。まだ夢の中だったようだ。

想定外の顔があって、蓮華は再び目を閉じた。

「起きたか」

耳を疑う声がして、蓮華は目を擦る。

おかしいわ。夢やないん？

蓮華は再び状況を確認した。

身体が上下に揺れている。舟のうえとは、ちがう感覚だ。「わっしょい！　わっしょい！」という黄色い掛け声が楽しげである。

ギャル神輿……はじまっとるん？　理解するまでに数秒を要してしまった。

しかし、問題は蓮華がいる場所だ。

「なんやて!?」

蓮華は急いで身を起こした。まだ頭がぼんやりするが、血の気がサッと引いて目が冴《さ》えてくる。

ギャル神輿がはじまっていた。

ねじり鉢巻きをつけ、法被《はっぴ》をまとった後宮の女たちに担がれた輿は、ゆっくりと皇城内を進んでいるところだ。もうすぐ、正門から街へ出ようかという頃合いだった。

しかも、蓮華が今いるのは……神輿のうえである。

神輿は、なぜか蓮華をのせたまま出発しているではないか。

「どういうことやー！」

蓮華はパレードの最前列で、夏雪と一緒に舞う予定だ。こんな場所で寝ていたら、誰かが起こしてくれてもいいはずなのに。どうして、蓮華を無視して神輿がスタートしているのだろう。

混乱で頭がくらくらしてきた。

これも夢か。夢なんか。いっそ夢であってくれへんかなぁ！

「おい」

「ちょい黙っ――」

頭を抱える蓮華に呼びかける声。蓮華は反射的に、「黙っといて！」と叫びそうになった。

が、その人物を見て、目を剥いた。

「なんでやねーん！」

変な声が出た。いつものツッコミではない。

いまさらになって、蓮華は椅子に天明と相掛けしている現状を認識してしまった。遅い。遅すぎる。さっき、チラッと見えた顔は、やっぱり夢やなかった！

「え、え、えええええ！　主上さん、本物!?」

「……偽者がいたら一大事だぞ」

「ええツッコミです……って、そうやないねん！」

思わず、セルフボケツッコミをするが、ほんまにそうやないねん。なんやねん、この状況。

蓮華が口をパクパクさせていると、天明は言いにくそうに目をそらした。

「お前が気持ちよさそうに輿で寝ていたから、起こすのも忍びなかった」

手を当てて、口元は隠している。表情はよくわからないが、耳が真っ赤なのは見てとれた。

「起こしてや！　うち、舞手やねん！」

衣装を着替えていないが、もう仕方がない。蓮華は今からでも最前列に行くため、輿から飛びおりようと身をのり出した。

「蓮華」

けれども、その手を天明がつかんだ。

「舞手は、陳賢妃がいれば充分だと、申し出があった。お前は……行かなくてもいいのだ」

「はい？　そんな話、聞いてへん。夏雪に悪いし、うち行ってきますわ！」

「……行くな」

振り解《ほど》こうとしても、天明の手は蓮華を放さない。強い口調で止められて、蓮華は身じろぎしてしまう。

天明はしばらく、視線を泳がせていた。

だが、ほどなくして、まっすぐに蓮華を見据える。

「……行かないでほしい」

天明は両手で蓮華を引き留める。そんなことをされてしまうと、蓮華は椅子に戻るしかなかった。

「う……」

天明の顔が間近にある。

真剣すぎる眼差しが、蓮華から離れない。

「な、なんで……ですか」

蓮華はそれ以上、天明と目をあわせていられなかった。

心臓の鼓動が、周囲の声よりもうるさくて邪魔だ。

冷静でなどいられなかった。

「こ、こんな状況、まるで……」

神たる皇帝として、天明を神輿にのせているのだ。

蓮華まで居座ってしまったら……。

——お前が正妃になればいいのだ。

この席が許されるのは、正妃だけだ。

衆目にこんな姿を晒すということは、蓮華が正妃だと宣言するも同然である。

「うち、正妃やないねん……」

正門が開くのが見えた。列の先頭が、ゆっくりと門を潜《くぐ》っていく。逃げるなら、今しかチャンスはない。

「俺は、鴻蓮華以外を正妃にするつもりはない。契約の更新ではなく、お前に……、俺は蓮華がいい」

ストレートに響く言葉だ。

曲解のしようがなく、蓮華はすぐに返事ができなかった。

調子が悪いのは、鼓動ばかりではない。胸の奥が熱くなって、次第に身体中へと巡っていく。まるで、沸騰しているみたいで、顔から火が出そうだ。もうすでに、出ているかもしれない。ＨＯＴ！　ＨＯＴ！　と、元気よく藤井隆《ふじいたかし》のギャグをキメている場合ではない。

自分の身体ではないみたいな感覚に戸惑って、蓮華は縮こまるしかなかった。

「俺は……お前が正妃でなければ、駄目みたいだ」

弱々しくも聞こえる声音だった。

無理強いして押しつけるのではなく、祈るように懇願されている。部屋の隅で震える子供みたいに、天明は蓮華の手をにぎり続けていた。

「ただ、お前が否と言うなら……正妃の座など要らぬと言うなら、輿をおりればいい。俺は止めない」

いきなり究極の二択を迫られて、蓮華は思考が停止した。

ドリルすんのかい、せんのかい。

やなくて。

正妃になるんかい、ならんのかい。

ボケは思いつくのに、口に出す余裕がなかった。もはや、現実逃避でしかない。

「せ、正妃……」

蓮華の身体中から汗が噴き出した。

商売のことを考えると……正妃の座は魅力的だ。徳妃よりも動きやすくなる。政には口を出したくないけれど、財政に関わるのはやぶさかではない。この国の無駄を叩き直す手伝いくらいはできる気がする。

しかし、そういう話ではないのだ。

天明はやはり蓮華から目をそらさない。蓮華をつかむ手に熱がこもり、必死に縋《すが》っているようだった。

やっぱり、蓮華の思いあがりでも、勘違いでもない。そして、契約関係の更新でもなかった。

この人は蓮華に、言葉通りのストレートど真ん中の球を投げている。

応えなければ……でも、どうやって?

蓮華は、なんと言えばいい？

「うち……女としての魅力なんかないって、自分でもわかってます。どうして、主上さんが選んでくれたのか、さっぱりぽんですわ」

苦し紛れに答えると、天明は首を横にふった。

「女としての色香など、お前に期待するものか」

「せやねんな！」

後宮の妃なのに、女としての色香が求められないとは、これ如何《いか》に。だが、見解が一致しているのは喜ばしい。

「ただ……お前が自由にしてくれているだけで、俺は……満足できる。その能天気な面を……守りたい」

褒め言葉やない単語がチラホラ飛び出したけど、無視しといたるわ。

って、また思考がボケツッコミ方向に現実逃避しとるー！

蓮華は自らの性《さが》に、頭を抱えた。

「こんな方法をとって、すまないとは思っている……」

天明はやっと目を伏せた。蓮華をつかむ手からも、力が抜けていく。

以前、芙蓉殿で迫られた際は、天明に恐怖した。

無理やりにでもねじ伏せて、押し倒されるのではないかと震えた記憶がよみがえる。

あのときは、とっさに蓮華も天明を拒んでしまった。

時折、蓮華を物のように扱うのも、気に入らない。凰朔皇帝の価値観としては正しいが、日本人の感覚ではモヤモヤするのだ。

けれども、今の彼に、そのような気持ちは滲《にじ》んでいない。

蓮華を一人の人間として扱い、真摯に本音を伝えている。

それがわかっているから、逃げられない。

「主上さん……」

蓮華は天明の手を解いた。

代わりに、指の先をチョンとにぎる。本当は、両手で包むようにしたいのだが、恥ずかしさが勝ってしまう。それでも、天明との繋がりだけは保ちたかった。

落ちつくんや……蓮華。

今、輿で蓮華を見つめているのは、天明一人だ。野球の試合よりも、漫才の舞台よりも、人数が少ない。もっと緊張する場面はたくさん経験している。恋愛経験はないが、場数は踏んでいるつもりだ。

「ひっひっふー、ひっひっふー……」

「な、なんだ……その呼吸は」

いつの間にか、蓮華の呼吸がラマーズ法になっていた。

あかんあかん。ほんまは、ヨガの深呼吸がしたかったのに！

まったく落ちついていない。蓮華は首を横にふって、思考を切り替えようと試みる。

もう、なにも考えられなかった。

成り行きにまかせて、浮かんできた言葉を並べることしかできない。

「主上さん」

天明がこんな風に、蓮華を想《おも》ってくれるのが嬉しい。

彼は勝手気ままに振る舞う蓮華を大切にしてくれている。女の魅力など欠片《かけら》もない蓮華を、そのままでいいと肯定してくれている。

一人の人間として尊重されるのが、なによりも喜ばしかった。

それを、まず伝えなければ。

「正直に言うと、嬉しいです」

一言告げた途端に、頭が空っぽになっていく。そうすると、どんどん唇も軽くなっていくような気がした。

「うち、主上さん大好きや」

天明のことは、好きだ。

「でも……わからなくて」

しかし、それが男性として好きなのかどうか、蓮華には今すぐ答えが出せない。

こうして手に触れていて温かいのも、二人で向かいあって緊張するのも、恋愛感情なのか、蓮華には判別できないのだ。

天明と一緒にいると楽しい。

蓮華がやることなすこと、全部くだらないと言ってくるが、最後には折れる。蓮華が好きにやれるよう、いつだって便宜をはかってくれた。ここまで来られたのは、天明がいたおかげである。

ただ……。

「正妃にすると決める前に、主上さんには話しておきたいことがあるんです。それまで、待ってもらえんやろか……」

蓮華は誠実に応えたい。

話すべきだ。

蓮華がどういう人間か――ここではない国で生まれ育ち、転生した話。現在は傑だけと共感できる前世の記憶。

天明には、全部知ってほしい。

そのうえで、天明がなにを考えるか、わからない。信じてくれないだろうとも思う。

けれども、これは蓮華のけじめだった。

天明に話したい。

「……わかった」

雨に濡《ぬ》れた子犬みたいな顔で、天明は返事をする。

「ところで……輿はおりなくてもいいのか？」

「はっ！　せやった！」

蓮華は慌てて周囲を見回したが、もう神輿が正門を潜ってしまう。現れた神輿に、市民たちの歓声があがっていた。

後宮の舞手たちが、華やかに動きをそろえて踊っている。みんな舞踊に覚えのある者たちだ。その他、銅鑼《どら》や笛などの音楽隊と、清らかな歌声を響かせる歌唱隊も歩いていた。

神輿の担ぎ手たちは、一様に元気よく「わっしょい！　わっしょい！」と掛け声をあげている。花で彩ったねじり鉢巻きの髪飾りや、法被に近いデザインの衣装は目新しく、人々の注目を集めていた。先導する傑の掛け声と笛の音にも威勢があり、祭りの情緒が充分に醸し出されている。

天神祭のギャルみこしとはずいぶんと趣が異なるけれど、凰朔と神輿文化が融合して、楽しい雰囲気となっていた。

「に、逃げ遅れた……」

蓮華はガックリと肩を落とす。くだらないギャグを脳内再生したり、呼吸法を間違えたりしている間に、時間を無駄にしてしまった。

気づいたときには、時すでに遅し。

これでは、周りからは正妃にしか見えない。今から飛びおりるのは、明らかに不自然だ。

「鴻正妃ー！」

「まあ、お似合いのご夫婦だわねぇ」

「御子《みこ》が楽しみです」

うわー……にこやかな人々の顔を見ていると、いまさら「おりるわ！」とも言いにくい状況だった。

居たたまれなくなって、蓮華は天明に視線を戻す。

「きょ、今日のところは、そうやな……正妃というか、寵妃っちゅうことで。衣装もちょっと地味やし！」

蓮華は軽く笑いながら、両手を広げてみせた。正妃としてお披露目するなら、もっと気合いを入れたい。虎柄度が足りなかった。

「まあ……」

天明は不意に、蓮華の肩に手を回す。

身体が密着する形となり、蓮華は内臓が全部口からポロリするほど驚いた。

いきなり、なにすんねん――!?

「お前の話とやらは知らないが……珍妙で素っ頓狂なのは、今にはじまったことではない。俺の気が変わるとも思えないんだが」

耳元で言われると、逃げられない。こんなに周囲がにぎやかなのに、天明の声しか頭に入らなくなった。

「もちろん、お前の意思は尊重する……悪いようにはしない」

最後は天明も照れくさくなったのか、声がどんどん小さく窄《すぼ》んでいく。蓮華はなんのツッコミもできず、ただただ、コクコクとうなずくだけだった。

それきり、お互いに会話を交わさない。

歓声と音楽、神輿の掛け声、全部あわさった音だけが占める空間と化す。

時間は有限で、いつもあっという間に過ぎていく。

なのに、このときばかりは、無限に停滞しているようだった。

ただ少し救いなのは、鼓動の音を塗りつぶすように、神輿が揺れていることだ。

わっしょい！　わっしょい！

にぎやかで華やか、艶《あで》やかな祭《まつ》り囃子《ばやし》が、すべてを誤魔化す。

五

いろいろあったけど、祭りは大成功に終わった。

ギャル神輿の評判は、すこぶるいい。華やかなパフォーマンスは、都の人々の目を楽しませた。輿にのった皇帝を、女たちが担ぐという発想もウケたようだ。

天明と一緒に、神輿にのってしまった蓮華を褒め称《たた》える声は……気恥ずかしいので、ぼんやりと聞き流した。

蓮華は酒席を早々に抜け出して、後宮へ帰っていく。長々と滞在していると、根掘り葉掘り聞かれてかなわないのだ。

前世の世界でも、アラサーまで独身だったせいで、「結婚はまだ？」、「彼氏はいないの？」、「早くしないと子供を産んだら大変よ」などと、お節介極まりないことを言ってくる人間がたくさんいた。そういうのは、どこの世界でも変わらないものだ。

「はー……」

蓮華は一日の疲れをとろうと、大きく伸びをする。

そんな蓮華の身体を、女官たちが丹念に拭いて沐浴《もくよく》させてくれた。甘い花の香油をたっぷりと塗り込まれて、気持ちがいい。

「鴻徳妃、今日はお綺麗でしたよ」

「やあね……もう、鴻正妃でございましょう」

「おめでとうございます、鴻正妃」

「ついに、この日がやってまいりましたね」

芙蓉殿の女官たちまで、そんなことを言うものだから、蓮華は苦笑いした。

「み、みんな、気が早いで……正妃ちゃうわ」

これから、天明が芙蓉殿を訪れる予定なので、なおさらだろう。芙蓉殿は、明らかに色めき立っていた。

天明が芙蓉殿へ通うのは珍しくない。しかし、なんと言っても、神輿で皇帝と同じ席に座ったのだ。当然のように、蓮華は正妃になると思われた。そうすれば、彼女たちは正妃付きの女官となり、事実上の出世だ。

実感がないのは蓮華だけで、どこを見てもこの調子である。

本当は……いや、本当に喜ばしいことなのだ。

現状、後宮のトップは四人の正一品だが、正妃はそのうえに立てる唯一の存在だ。世継ぎの有無にもよるが、将来的には次世代の皇帝の母ともなり得る。

正妃の地位を勝ちとるのは、後宮にいる者たちの目標であり、憧れ。

今世代の後宮は、全体的に妃としての競争心が薄弱ではあるが、それでも、素晴らしい話だ。日本シリーズ優勝、いや、それどころか、国民栄誉賞に値するかもしれない。

ちなみに、残念ながら今まで阪神タイガースで国民栄誉賞を授与された選手はいなかった。遺憾の意を表明したい。

うちが……正妃。

少なくとも、天明は蓮華を正妃にするつもりだ。気持ちも確認したし、蓮華の勘違いでもない。

固まっていないのは、蓮華の心だけ。

女官たちに手伝ってもらって、孔雀《くじゃく》をあしらった立派な襦裙に袖を通し、虎柄の披《ひ》帛《はく》をかけて戦闘準備完了。

中身が伴わないまま、外堀だけが埋まっていく。周りの浮かれようを見ていると、「やめました」と言った場合の落胆が怖い。

ここは政治として割り切って、正妃になるしかないのだろうか。後宮において、本来は愛だの恋だのは、問題にならない。妃は政治の駒であり、正妃になって子を生すのが最重要事項なのだ。

それでも、天明は蓮華の答えを尊重するつもりでいる。蓮華が望まなければ、正妃への昇格は取りやめてくれるだろう。

「どないしよう……」

綺麗に衣を整えられて、寝室へ向かう途中、蓮華はそのことで頭がいっぱいだった。

「蓮華様、しっかりしてくださいませ」

女官たちだけでなく、陽珊までウキウキだった。

「喜ばしいではありませんか。主上が心をお決めになったのです。近ごろ、蓮華様のご気分が優れないご様子で心配しておりましたが……かくなるうえは、私から主上に直訴しなければならないと思っていましたからね!」

「直訴って」

「蓮華様は色恋に関しては鈍感……んんッ。いえ、奥ゆかしい方です。ここは、男らしく押し倒すべきである、と」

陽珊が事もなげに述べた言葉に、蓮華は引っかかりを覚えた。

「え? 押し倒すって……もしかして、陽珊……」

「私が気づかぬはずがないでしょう。蓮華様の閨《ねや》、いつも男女が床を共にした形跡がございませんでした。私がそれらしく偽装していたのですよ」

声を潜めて告げられた事実に、蓮華は目を剝いた。まさか、契約関係までは……バレてへんよね?

陽珊は心得ていると言いたげに、唇に弧を描く。

「それほどに、主上が蓮華様を大事にしていらっしゃったのですよね」

蓮華と天明の契約関係については、陽珊もわかっていないようだ。ちょっと誤解されていた。安心すべきか、否か。蓮華はあいまいに笑うしかなかった。

「政や妃など関係なく、主上が蓮華様を愛してくださっている証左です。ついに主上も、覚悟を決められたのですから……蓮華様、がんばってくださいませ」

陽珊は優しく、蓮華の手をにぎった。

「実は、正妃を一度辞退した旨、乍様から聞きました。蓮華様は初心、あー、いえ、奥ゆかしい方なので、混乱してしまったのでしょう?」

「そないなこと、聞いとったんやね……」

「私は、蓮華様の侍女頭ですから」

混乱していると言えば、混乱している。間違ってはいない。そして、その混乱は今も続いている。

「主上はお優しい方です。ご安心ください。蓮華様を泣かせるようなことがあれば、たとえ主上だろうと、誰であろうと、私がドツいたります」

陽珊は拳を見せながら、軽く笑った。

「いくらなんでも、皇帝をドツいたら洒落にならんで……ほら、凰朔の決まりで、皇帝とその血を引く者を傷つけたらあかんってヤツがあったやろ」

古くからの法らしい。高祖に連なる血筋の者を傷つけるのは、何人たりとも許されない。とはいえ、あくまでも、そういう決まりがあるだけで、毒殺や暗殺などは常態化している。

「そこは……ほら、蓮華様が以前おっしゃっていた芸で乗り切ります。『ナメとんのか、阿呆んだらぁ！』と啖呵《たんか》を切ったあとに、『こわかった～』と媚《こ》びればいいのですよね？」

未知《みち》やすえの定番ネタだ。漫才芸のバリエーションにどうだろうと考え、次の興行でネタにしようとしていた。

「あくまで、それはギャグや。ほんまにやったら、怒られんで」

「承知しておりますよ。蓮華様ではないのですから」

「まるで、うちがいつもやっとるみたいやないかい」

陽珊と会話をしていると、ちょっとずつ気持ちが落ちついてきた。

「では、蓮華様。ごゆっくりどうぞ」

それでも、寝所に着くと一人にされる。蓮華は寝所から離れていく陽珊を名残惜しく思った。

シーン、と……一人の部屋は静かだ。

しばらくすると、嫌でも思考が巡りはじめる。

そもそも論。

蓮華は天明が好きなのだろうか。

ここやー！　この問題やー！

蓮華は、頭を抱えて身悶《みもだ》えした。

綺麗に整えられた衣で、ピシッと整えられた寝台に飛びのり、ぐしゃぐしゃにしてしまう。あ、髪飾りとれた。やりすぎてしまったと、蓮華は急いで頭に髪飾りを挿す。雑やけど、大丈夫やろ。

今日の天明を思い出すだけで、背中がムズムズする。

あんなに真剣に蓮華を見つめる天明は初めてだ。

今まで、年下の兄ちゃんくらいに思っていたけど……いや、鴻蓮華としては、年上の男性だ。でも、前世の年齢のせいで、精神的には年上のつもりだった。

「男の人、って感じやったなぁ……」

しみじみと声に出すと、頭がぽや～としてくる。

前々から、顔がええとは思っていたが、改めて……めちゃくちゃ顔がよすぎる。語彙が消失しているが、ほんまに顔がええ。

それだけではない。腕が立ち、蓮華を守ってくれたこともある。腹筋の硬さは何度触ってもいいものだ。

なにより、優しい。国民についてしっかり考える、いい皇帝だ。今はまだ雛《ひな》かもしれないけれども、いずれはすごい皇帝になる。そんな予感がするのだ。

天明を支えたい。

凰朔をよくしていきたい。

そのために、正妃となるのは大歓迎だ。蓮華がやれることは、喜んで協力しよう。

でも、それとこれとは……一緒にしては駄目だ。天明は、そんな選択を望んでいない。

天明は好きだ。たぶん、大阪でも、凰朔でも、出会った男性の中で一番好き。特別な存在なのは間違いない。

だけど、これが天明の想いに応えられる感情なのか、自信がなかった。

「大阪で一回くらい恋愛しとけばよかったー！」

三十三年も生きていて、どうして、初恋の一つもしなかったのだろう。今考えると、謎でしかない。

なんかこう、恋ってアレなん？　赤い実がパチンと弾《はじ》けるとか、天からハレルヤが流れてくるとか、めっちゃわかりやすい合図とかないん？

どこかにマニュアルでもあればいいのに。蓮華はマニュアル人間ではないものの、こういうときのガイドラインくらいは知りたかった。

「蓮華様、主上のお通りでございます」

うだうだしているうちに、再び陽珊の声が聞こえた。

蓮華は、はっと弾《はじ》かれるように、寝台から顔をあげる。こんなところに丸まっていたら、夜伽の準備万端みたいに見えるではないか。

「え、も、もう!?」

蓮華は慌てて身なりを整えながら、寝台の横に正座した。とにかく落ちつかない。

息を大きく吸って……ゆっくり吐いて……深呼吸だ。よーし、大丈夫。今度はラマーズ法になっていない。

冷静になれ、蓮華。

まずは、天明に前世の話をしなければならない。考えるのは、それからでも遅くないはずだ。

もしかすると、「カーネル・サンダースの代わりに道頓堀に落ちて死んだとか、キッショ！」と言って、正妃の話は取りやめにするかもしれない。知らんけど。

「蓮華様、準備はよろしいですか？」

「は、はいぃ！」

蓮華は正座のまま背筋を伸ばした。弾みで、さっき頭に挿しなおした髪飾りがズレる感覚がする。

いくらもしないうちに、寝所に誰かが踏み込む音がした。

「邪魔するぞ」

間違えようもなく天明の声だった。

いつもなら、「邪魔するなら帰ってやー」と、お決まりの返しをしたくなるところだが、ぐっと堪える。

心臓が何回か鳴る間に、天明が蓮華の前に姿を現した。

神輿で一緒になったばかりなのに、改まると、緊張してしまう。一方、天明は床に正座した蓮華を怪訝そうな顔で見つめていた。

「あ……あ……そ、そ……その……」

蓮華はしどろもどろになって目をそらしながら、とれてしまった髪飾りを指でいじる。

「せや。あ、飴ちゃんは……要ります?」

「要らぬ」

「じゃあ、お好み焼きの準備を……」

「必要ない」

「ですよねー……」

さっきまで、酒席にいたのだ。お腹が空いているわけがなかった。蓮華は乾いた笑い声をあげながら誤魔化そうとする。

天明はそんな蓮華の前に立つ。

「主上さん……」

蓮華が見あげると、天明はその場に腰をおろす。正座する蓮華と目線の高さが同じになった。

お互いに上下の関係などない。対等な立場で話しあいたいのだと、言われている気がした。

やや茶色がかった瞳が蓮華を見つめる。その瞳には優しい色が宿り、包み込むような温かさがあった。

「聞かせてくれ」

蓮華がなにを語っても、受け入れてくれる。そう確信できる声音だ。

全部、正直に話そう。

これからのことは、そのあとでもいい。

蓮華は気持ちが定まりきらないが、大丈夫な気がした。

「あんな、主上さん――」

口を開いてしまえば、すんなりと言葉が出てくる。

不思議な気分に、蓮華は自然と肩の力が抜けた。

「蓮華様！　主上！」

だが、蓮華の言葉を遮ったのは陽珊の声だった。

血相を変えて寝所に駆け込んでくる。颯馬も続いており、なにかあったのは明白だった。もちろん、「ドッキリでした〜」というパネルなど持っていない。

「なんや、なんや!?」

蓮華はわけがわからず、口をパクパクさせた。天明も同様で、むずかしい顔で眉根を寄せている。

「ただいま、報《しら》せが……皇城に侵入者があったそうです！」

侵入者？　皇城に？

まったく想定していない報告に、蓮華はなにがなんだかわからず混乱していた。天明は青い顔をして素早く立ちあがっている。

「清藍を」

「すぐに」

天明の指示に、颯馬は即座に動いた。

蓮華もふらふらと、天明を追いかける。

皇城では、祭りのあとの酒席が開かれていた。官吏や貴族たちが集まり、警備も行き届いているはずだが……逆に人が増えるタイミングでもある。

侵入者の規模や経路も心配であるが、酒席に参加している者や官吏たちの安否が気になった。この時間、柳嗣や朱爆も、皇城にいるのだ。

「お前はここにいろ」

天明は短く言い捨てて、寝所を出る。

「待って。うちも――」

蓮華も一緒に行きたい。

追いすがるように、寝所から飛び出した。

けれども、すぐに芙蓉殿が騒々しいことに気がつく。女官たちが騒ぎ、何者かの侵入を止めようとしている。

今、皇城に侵入者があったと聞いたばかりだ。後宮だって気が抜けない。

「通しなさい！　鴻徳妃にお伝えしなければ！」

絶叫に近い声がするので、蓮華はそちらへ向かった。

芙蓉殿の女たちの制止も聞かず、誰かが奥へと進もうとしている。髪を振り乱し、着物がはだけているが、顧みる素振りもない。

「玉玲さん……？」

その形相は、普段の彼女とはほど遠いものであった。透明感のある繊細な美貌は欠片も感じられず、鬼気迫る必死さだけが滲んでいる。

あまりに印象がちがいすぎて、蓮華でも一瞬、誰なのかわからなかった。

「鴻徳妃ッ！」

女たちの手をすり抜けて、玉玲は這うようにして蓮華の前に近づいた。蓮華は思わず、玉玲の前に膝をつく。

なにがあったんや……。

「お逃げなさい！　鴻徳妃！　いますぐに！」

玉玲から発せられた言葉に、蓮華はやはり混乱するしかなかった。

喧嘩祭　大阪マダム、大乱闘！

一

都は祭りの熱に浮かされている。

その楽しげな様子は、後宮の片隅、水晶殿にこもる玉玲にまで伝わっていた。

雰囲気だけでも充分だ。

玉玲には、にぎやかな祭事の中心にいる資格などない。それどころか、このような楽しみ方をするのも、許されない身だ。

贅沢すぎる。

「大小姐」

璃璃には、ずっと心配をかけてばかりだ。

水晶殿へ移ってからは穏やかに過ごせていたけれど……それも今では、よかったことなのかわからない。

玉玲は、蓮華を裏切り続けている。

罪悪感が日々、強まっていた。

「お祭りの品をわけてもらいました。召しあがってください」

璃璃は笑いながら、玉玲のそばまで歩み寄る。

差し出された器には、たこ焼き、お好み焼き、唐揚げ……どれも、蓮華が以前から水晶殿に持参していた食べ物ばかりだ。「わけてもらった」と璃璃は言っているが、誰の計らいかは聞かなくともわかる。

甘いけれど、刺激的な香り。味つけがしっかりしていて、作り手の性格を反映しているかのよう。

玉玲も、この味は好ましいと思っている。

でも。

「今日は……結構です。あなたがお食べなさい」

うつむきながら、玉玲は器を璃璃に差し戻す。

璃璃は悲しげに目を伏せた。

天翔祭は中秋節を祝う祭りである。玉玲の几《つくえ》には、すでに金木犀で作った香《かぐわ》しい桂花陳酒と、月餅が並べられていた。これは、祭りに出られない玉玲のために、璃璃が用意してくれたものだ。

玉玲は、それらにも手をつけられなかった。

このおぞましい悪女に、祝いの供物など食べる資格はない。

「鴻徳妃は、大小姐を大変心配しておいでです」

「…………」

わかっているのだ。

璃璃も、蓮華も、玉玲を案じている。

遼博宇は、たびたび玉玲を駒として使ってきた。前帝の後宮へ送り込み、子を産ませたばかりではない。幼い天明の毒殺を命じたのも、彼だ。

後宮から出たあとも、玉玲は自由になれなかった。今度は蓮華が主催する漫才舞台の妨害を命じられてしまう。そして……成功しても、失敗しても、玉玲は自ら命を絶つよう迫られたのである。

用済みの駒を、最後に利用しようとしたのだ。

結果的に、玉玲の妨害は失敗し、身柄を押さえられた。そして、蓮華に救われて、この水晶殿に匿われるに至る。

玉玲を殺そうとした遼博宇の判断は間違っていないのだろう。

玉玲には、秘密を——哉鳴の存在を隠したまま生きていくことなど、荷が重い。玉玲は、あのとき命を絶つべきだった。

いまだに、命を救ってくれた蓮華にさえ、哉鳴の存在を明かせないでいる。

とんでもない悪女だ。私は。

存在していてはいけない人間。蓮華の優しさは、一時的に苦しみを忘れさせてくれた。だが、それに甘んじている自分を、今は激しく嫌悪している。

蓮華が持っていた横笛——金木犀の紋が入った笛は、もともと玉玲の持ち物だった。前帝である典嶺から賜った品である。

貴妃の位を得て、子を生したものの、玉玲は秀蘭のようには愛されなかった。しかし、それでも束の間の安らぎはあったのだ。

あの笛を典嶺が吹き、玉玲が歌っていた。

ちょうど、今のような秋の夜。香しい金木犀の咲く庭で、穏やかな夜を過ごしていた。そこに愛はなくとも、優しい時間であったのは間違いない。

玉玲にとっての宝物だ。

哉鳴が生まれ、玉玲の手から引き離されるとき、御守《おまもり》代わりにと、あの笛を持たせた。

玉玲にとっての安らぎが、少しでも哉鳴を癒やしてくれるように。

それが哉鳴から蓮華の手に渡っているのを見たときは、冷静ではいられなかった。

あれは伝言なのかもしれない。

哉鳴から、玉玲へ向けた伝言。後宮に匿われているのが、哉鳴に露見しているのは確実だった。

ときどき最黎の眼《め》を思い出す。

優しい子に育ってほしかった。でも、無理だった。後宮にいて、玉玲の手で育てたのに……遼博宇に奪われてしまった。政務を通して少しずつ、最黎は蝕《むしば》まれていったのだろう。人の心をなくし、冷たい判断を下すようになっていた。

生まれたばかりで、玉玲から取り上げられた哉鳴も……再会したときには、最黎と同じ眼をしていた。

子を二人も、奪われた。

その事実が玉玲の心に穴を開ける。

「…………」

玉玲は庭へ視線を移す。

夜の闇に沈んでも、陰鬱な印象がないのは、璃璃が日々手入れしてくれているからだ。玉玲には、なにもできない。お茶の淹《い》れ方《かた》は覚えたけれど、どこまでも貴族のお嬢様だ。

義憤に駆られて立ちあがり、出しゃばっていた娘時代と、なにも変わっていない。

遼博宇のやり方が気に入らず、玉玲が訴え出たことによって、無駄に使用人の命が失われてしまった。あの家族を自害に追い込んだのは、玉玲の正義感だ。

あのころから……少しも成長していない。

周囲に迷惑をかけているだけ。

生きている意味なんて、ない。

「………？」

庭の隅から、物音がした。なにかが飛来したような気がしたが、見間違いかもしれない。

「大小姐は、ここで」

璃璃も物音に気づいたようだ。玉玲の代わりに庭へおり、確認してくれる。

いくらもしないうちに、璃璃が戻ってきた。

その手には、一本の矢。

書状が括《くく》りつけられているのを見て、玉玲は身を震わせた。

❁　❁　❁

泣き崩れる玉玲の話を聞いて、蓮華は呆然《ぼうぜん》とした。

最黎皇子の弟——哉鳴皇子が生きている。

しかも、それは蓮華の知っている人物で、今は遼紫耀と名乗っていた。

紫耀が玉玲に似ているとは思わなかったけれど……言われてみると……いや、やっぱり印象のせいか、ピンとこなかった。だからこそ、紫耀は表に顔を出せていたのかもしれない。

「鴻徳妃……申し訳……ございません……」

玉玲は蓮華の前で頭を床にこすりつけている。

必死でここまで来たのだろう。履き物もなく、足が汚れて血が滲んでいた。女官たちと揉《も》みあったせいで、着物もはだけてしまっている。

蓮華は玉玲に手を伸ばし、宥《なだ》めるように肩に触れた。

「矢文には、なんて……」

聞くが、玉玲はそれ以上、なにも語れぬようだった。震えながら、紙を蓮華に差し出す。

蓮華は手紙を受けとろうと、手を伸ばす。けれども、その前に天明が横から奪いとってしまった。天明からは憎々しげな感情が滲み出ているが、玉玲を責める言葉は吐かなかった。

天明は手紙にサッと目を通して、奥歯を嚙《か》みしめる。

「う、うちにも」

蓮華は立ちあがって、手紙をのぞき見た。

差出人には紫耀、いや、哉嗚の名が書いてある。

「は……?」

内容に愕然《がくぜん》として、蓮華は言葉を失ってしまう。

哉嗚を擁して、多くの貴族が反秀蘭派についていること。それはかりか、周辺の街に兵が集められていること。懐柔した衛士を中心とした先発隊が、すでに皇城を攻めていること。そればかりか、周辺の街に兵が集められており、明朝には梅安を完全包囲する準備ができていること。

「なんやこれ……」

計画は実行されている。矢文は母親である玉玲には恩情をかけ、早く逃げろという意味だろうか——いや、ちがうと思う。

これ、挑発や……。

矢文が玉玲から天明へ渡ることを計算したうえでの挑発。

蓮華には、そのように読みとれた。

「主上さん」

蓮華は天明の袖をつかむ。

いつもよりも、力が入らないのは、恐ろしいから。

前世を日本で暮らした蓮華にとって、戦争なんて縁遠いものだ。凰朔に転生してからも、大きな戦いなんて見たことがない。

「大丈夫……ですよね？」

蓮華は、恐る恐る天明を見あげてしまう。

突発的に市民の暴動が起こったときだって、天明はなんとかした。禁軍を指揮して、見事な活躍を見せたではないか。腕も立つし、いざというときは頼りになる。そのたびに、ここ一番に強いバースのような漢《おとこ》だと、見直していた。

だから、今回も大丈夫……。

「ああ」

蓮華の問いに、天明は短く答える。

「お前には手を触れさせない」

天明は蓮華の顔を見ず、前に歩み出す。

振り切られているみたいで、蓮華は嫌な予感がした。

「主上！　逃げてください！　鴻徳妃も！」

玉玲が床を這い、天明の袍をつかむ。行かせまいと、爪を食い込ませていた。

「抜け道があるのです！　桂花殿の古井戸……あそこなら、見つからずに抜けられます！　もうそれしか……私にはあなた方に返せる恩が……」

玉玲は叫びながら天明に追いすがった。声は悲痛に歪み、懇願に変わっている。聞いているだけで心が痛むような悲鳴だった。

「必要ない」

天明は玉玲を一瞥《いちべつ》して、無理やりその手をふり解いた。いくら玉玲が死に物狂いで追いすがっても、天明との力の差は大きい。

その段になって、蓮華も気がついてしまう。

天明は戦いの準備をしていなかった。禁軍は常備軍として梅安にそろっているものの、数が少ない。

遼家単独の挙兵であれば対応できるが、複数の貴族を味方につけているとなると……援軍を呼ぶ時間がない。地方から味方の兵が集まるころには、都は陥落しているだろう。

この状態で戦えば、市街地にも被害が出る。籠城戦をしようにも、多くの市民に負担を強いることになるだろう。

天明は降伏するつもりなのだ。

自らの首をもって、事態をおさめようとしている。血を流すくらいなら、自分一人が犠牲になればいい、と。

そんなこと、させへん!

「主上さん、行かんといてや!」

蓮華も叫ぶが、天明はふり返りもしなかった。

代わりに、陽珊たちに目をやる。

「蓮華を連れて逃げろ」

天明はなにを言っているのだろう。

逃げる？　うちが？

「冗談やない！　うちも――」

「蓮華様！」

天明を追おうとする蓮華の腕を、誰かがうしろからつかむ。

「なりませぬ、蓮華様！」

陽珊が蓮華を放さなかった。そうしているうちに、他の芙蓉殿の女たちが、我も我もと蓮華の腕や袖をつかんだ。

天明の命令だから……いや、それだけではない。みんな、蓮華のために行動しているのだと、わかってしまう。

足止めされた蓮華に、天明はようやく視線を向けた。

「………」

けれども、なにも言わないまま再び背を向ける。

一瞬の表情が……別れを告げられている気がしてしまった。その途端、蓮華の中から形容できぬ感情の塊が込みあげてくる。

なんや、これ……。

頬に雫《しずく》が流れて初めて、それが涙だとわかった。

天明は芙蓉殿から去ってしまう。残された蓮華は、陽珊たちによって、奥の部屋へと連れられていく。

「嫌や。なんでやねん!」

蓮華は声が嗄《か》れるくらい叫んだが、誰も言うことを聞いてくれなかった。

涙の粒が止まらず、惨めに撒き散らされる。

天明が犠牲になる必要なんてない。逃げ道があるなら、逃げればいい。おねがいだから、行かんといて。子供みたいに駄々をこねる。

胸が張り裂けそうなくらい痛い。

悔しくて、不甲斐《ふがい》なくて……それだけではなかった。

怖い。このまま天明がいなくなってしまうかもしれない。それだけで、全部どうでもよくなってきた。

誰かがいなくなるのは、寂しい。蓮華にできることがあれば、救いたい。困っている人を放っておけない。

でも……そんな綺麗な感情ではなかった。

ただただ、目の前の人に行ってほしくない。天明が蓮華の前から消えることに耐えられなかった。

「なんでや」

涙で顔がグズグズになっている。

もがいても、陽珊たちに押し切られてしまう。

「蓮華様、脱出の準備をいたしますので、落ちつくまでこちらに！」

陽珊が叫びながら、蓮華を客間に押し込めた。

乱暴に放り込まれ、戸を閉められる。蓮華が中から押しても、びくともしなかった。

「開けてや！　うちも行く！」

誰も答えてくれない。

芙蓉殿の者どもは、蓮華に仕えているが、皇帝の命令は絶対だ。みんな天明の命令に従って、蓮華を逃がそうとしているのだ。こうなれば、蓮華のおねがいなんて通らない。

「嫌や……主上さん、なんでそんなことすんねん……」

蓮華は力なく、その場にうずくまった。どれだけ泣いても、涙が止まらない。子供みたいに聞き分けがなくて、惨めな姿だ。

なんもできへん。

こんなときに泣き崩れるような女は、大阪マダムではない。どんなときでも、大阪のオカンは明るく笑って乗り越えていた。

わかっとる。わかっとる……。

蓮華はしばらく動けなかったが、やがて、顔だけあげた。涙は全然止まらないけれど、前を向く以外に活路はない。ここで泣いてばかりいたら、蓮華は一生、後悔するだろう。

空元気でいい。

蓮華は客間を見回した。

「実力行使や……」

窓は飾り窓になっており、簡単に外すことができない。でも、なにかで殴りつければ、ワンチャン破壊できそうな強度である。

もったいないけど、しゃーない。蓮華は客間の椅子に手をかける。芙蓉虎団のエースピッチャーを舐《な》めないでもらいたい。

前を向いた頬を伝って、涙が口に入った。

「せーのっ……！」

蓮華は掛け声をあげながら、椅子をふりかぶった。なかなかの重量なので、うしろにバランスを崩しそうになったが、なんとか持ち堪《こた》える。

「鴻徳妃」

蓮華が窓に椅子をふりおろそうとした瞬間、扉の向こうから声がした。

突然のことに、蓮華は力が抜けて、椅子を落としてしまう。ガンッと大きな音が響いて、自分がやらかしたのに、内心でビックリする。

「……劉貴妃？」

声の主を呼ぶと、肯定するように扉が開いた。

現れたのは、劉天藍《てんらん》。正一品の一人で、貴妃の位にある。禁軍総帥を賜る劉清藍の妹で、コ・リーグでは桂花燕団の監督をつとめていた。

劉貴妃は強かな表情で、蓮華に手を差し出す。

「鴻徳妃、ご協力ねがえますか？」

そのときには、蓮華の涙は止まっていた。

二

芙蓉殿を出て、天明は先を急いだ。

追いすがろうとした蓮華の顔が頭から離れない。いつも笑顔でいる彼女があのように泣き叫ぶ姿を、天明は初めて見た。

胸の奥に罪悪感の靄《もや》が立ち込める。

「よろしいのでしょうか」

「………………」

颯馬が深刻な面持ちで、天明についてくる。この男は感情の表現がすこぶる苦手なのだが、蓮華と出会ってからは、ずいぶんと表情豊かになった。

すべてを、蓮華が変えていってしまう。

天明と秀蘭の関係も、後宮も、皇城も。きっと、国の在り方も、変わっていくのだろう。そう思っていたが……。

鴻蓮華には、正妃の座よりも、商売のほうが向いている。どこへなりと逃げ延びて、その先でたくましく生きるにちがいない。

それで充分だ。天明がいなくとも、彼女は強い。

「主上!」

清藍だった。大刀を携え、天明のもとに跪く。

「申し訳ありません。皇城が陥落いたしました……どうやら、孟副将が手引きしたようです。禁軍も一部の兵が、あちら側に従っています」

いつもと変わらぬ無駄に大きな声だ。

防衛の拠点を急遽《きゅうきょ》、後宮へ移した旨が、清藍から語られた。現在、動ける兵を再編しているところだという。

このような事態だ。男子禁制などとは言っていられない。ただ、後宮という空間は高い塀に囲まれてはいるものの、戦うには不向きだ。皇城が陥落した今、後宮に籠城しても、時間稼ぎにしかならない。

「秀蘭様の行方も知れず。捕らえられたと思われます」

あるいは、すでに……そう告げぬのは、清藍の配慮か。天明は短くうなずいた。

「敵方の要求は」

「……主上の御身の引き渡しにございます」

実に単純明快でいい。交渉の手間もなかった。

天明は深く息を吸い、浅くゆるりと吐き出す。

「投降の準備を」

天明の言葉に、清藍も颯馬も顔をあげた。二人とも、戸惑いの色が濃く出ている。

自分の首一つで済むなら安い。もともと、捨てたような命だ。ここまで長らえただけでも上等だろう。

この事態は、見誤った天明の落ち度によるものだ。

齊玉玲を拷問にかけて、秘密を吐かせればよかったのだろうか。

周辺都市に変化があった時点で、斥候ではなく兵を派遣すべきだったろうか。

他貴族たちの反発を考えず、適当な罪で遼家を断罪し、一族を根絶やしにすべきだったか。

哉鳴の存在に気がついていれば——紫耀は最黎にあまり似ていない。ただ、最黎の面影を感じる瞬間はあった。

どこかで察知できていれば……少なくとも、挙兵の理由を与えなかった。

今気がついても、遅い。

「主上なら、そうおっしゃると思っておりました」

清藍は天明の意を汲んで、頭を垂れた。颯馬は納得がいかない表情で、唇を噛みしめている。

静寂が流れた。

皇城の方向を見遣《みや》ると、火の手があがっている。黒煙が炎に照らされ、天へ伸びていた。

けれども、その静けさを侵す者の気配がする。

背後で、地面を踏み込む音。

天明はいち早く察知し、身を屈《かが》める。

頭のうえで、棒状のものが空を切った。

「お前は……」

襲撃者の顔を見て、天明は両目を見開く。

左右で色のちがう瞳は、天明をとらえたままだ。小さな身には似合わぬ鉄の棍棒《こんぼう》をふり回し、長い髪を揺らしていた。

王仙仙の侍女で、名前を傑と言ったか。野球の試合で、豪快な一撃を放つので印象に残っている。

「てやんでぇ！　一発で終わらせるはずだったのによ」

傑は舌打ちしながら、再び天明に棍棒を向けた。

天明は身体を傾けながら、棍棒を避《よ》ける。

「主上、お許しを」

「!?」

天明が体勢を整える前に、大刀の煌めきが走った。長い髪の先が切断され、地面に落ちていく。

清藍までもが、天明に刃を向けていた。

謀反ではない。

「あなた様を死なせるわけにはまいりません！」

最初から、清藍には天明の行動がわかっていたのだ。

だから、実力行使に出ている。

「……今のが当たっていたら死んでいたぞ」

蓮華に言わせれば、「突っ込み」というものか。天明が皮肉を言うと、清藍は第二撃を放つ。畳みかけるように、傑も参戦した。

清藍の言い分は理解できる。だが、天明も譲れない。この状況で、天明が足掻《あが》けば犠牲が出る。天秤《てんびん》にかければ、どうすべきか明白なはずだ。

天明は、まず傑との距離を詰める。

彼女は身体に不釣り合いな得物を使っているせいで、動作と動作の間に隙ができやすい。

「な……！」

棍棒をふりおろす瞬間に、天明は傑の手首をつかむ。

そこから傑の足を払い、力業で身体を反転させた。体重が軽い傑は、面白いように地面へ転がる。身体が小さいのに、どうして彼女はこのような得物を使用するのだろう。あっていない。

その間に、清藍が天明の背後をとる。

ここまでは予想どおりの動きであった。

天明はふり向きざまに、剣を抜いて大刀を防ごうとする。

清藍は体格差を活《い》かして、叩きつけるように大刀をおろすだろう。直線的な攻撃は、軌道をそらせば、力を外に逃がしやすい。

「………ッ」

だが、天明は清藍の一撃を防げなかった。

腰に佩《は》いていた剣がない。

いつ消えたのか、まったく気がつかなかった。

「御免！」

清藍の突き出した大刀の柄《つか》が、天明を打つ。肩への一撃に怯《ひる》み、受け身がとれなかった。

間を置かずに、鳩尾《みぞおち》に追撃が入る。

「ぐ……」

天明の意識が急速に消失していく。

狭まる視界の中で、天明の剣を手にした颯馬が目を伏せていた。

「申し訳ありません……主上……」

剣を奪ったのは颯馬か。

知らぬ間に金品を抜き取ってしまう技能。天明が貧民街で彼を見出したとき、気に入った理由の一つだった。

甘かった。

なにもかもを後悔しながら、天明はまぶたを閉じる。

❀ ❀ ❀

劉貴妃から、天明を逃がす計画を聞いて、蓮華はひとまず安堵した。

「主上さんは、納得せんやろうけど……」

「まあ、そこは兄がなんとでもいたします」

力ずく、ということだろうか。劉貴妃の笑みは自信にあふれていた。兄である清藍を信頼している証である。

「まだ間に合います。鴻徳妃も、主上と一緒に——」

「うちは、行かへん」

劉貴妃の提案を、蓮華はキッパリ断った。

「残るとおっしゃるのですね?」

「せや」

蓮華は短く言い切って、背筋を伸ばす。

劉貴妃は試すような視線で、蓮華を見つめ続けた。

「意味は、わかっていらっしゃいますよね?」

確認され、蓮華は拳をにぎりしめる。

考えなおすなら今のうちだ。そう言われているのは理解しているが、蓮華は拳をキュッとにぎる。

「覚悟のうえや」

その返事を聞いて、劉貴妃は満足げにうなずいた。最初から、蓮華の返答が読めていた——いや、蓮華にこう言わせたかったのだろう。

「お待ちください！」

劉貴妃が答える前に、客間の扉が開いた。

陽珊だ。外から聞いていたにちがいない。鬼気迫る表情で入室した。

「蓮華様には逃げていただきます！　主上のご命令です！」

そう主張する陽珊に、劉貴妃は感情のない視線を向けた。

「たとえ命令があろうと、優先すべきは主上のお命です。わかっていますよね？」

「それは……」

劉貴妃の言葉に、陽珊は一瞬、尻込みする。

けれども、すぐに胸に手を当てた。

「どうしてもと、おっしゃるなら……私が身代わりになります！」

相手は妃である。このように発言するだけでも、不敬だと罰せられかねない。それでも、陽珊は臆することなく声を張りあげた。

「陽珊、なに言うて――」

「蓮華様の物真似芸は得意でございます！　えー……んんッ！　ここは、うちにまかせて、逃げるんや。芙蓉殿の者《もん》も、みんなそう思っとる！」

ただ関西弁で話しただけで、物真似芸とは言えない気もするが……こんな話し方の人間が他にいないので、誤魔化せるかもしれない。実際、以前こっそり後宮を抜け出したときは、陽珊に身代わりを頼んだ。

「陽珊……」

蓮華は静かな口調で言い、陽珊の前に歩み出た。

「ありがとうな。でも、うちはやっぱり……逃げへん」

「主上がお逃げになるのだから、蓮華様が逃げたって、誰も文句を言いませんよ」

「ここのみんなを守らなあかん」

陽珊の手を両手で包む。

「うちは雇用主の立場や。従業員を置いては行きたくない」

「でも、蓮華様……」

陽珊の言い分は、わかっていた。

でも、譲れへん。

「私たちは、ただ守られているわけにはいきません」

劉貴妃が朗々と告げた。

「鴻徳妃や主上のもと、後宮は新しく生まれ変わりました。戦を前に、震えている場合ではございません」

唇には自信に満ちた笑みが浮かび、目は爛々《らんらん》と輝いている。まるで、野球の試合前のような、いや、それ以上の興奮状態だ。

このような劉貴妃を、蓮華は初めて見る。

「女の意地を見せるのです」

劉貴妃の言葉の意味を、陽珊は呑み込めていないようだった。

三

松明《たいまつ》が燃えている。

皇城は落ち、兵は後宮へと退避した。悪女秀蘭は捕らえたが、肝心の皇帝は後宮へ逃げ込んだとの情報が入っている。

激しく抵抗されると考えられていたが、事は実に呆気なく進行した。日の出を待たずに、すべてを終えそうだ。

「遼家の奴《やつ》らだけに大きな顔をさせるわけにもいくまいよ」

前帝の残した御落胤《ごらくいん》、哉鳴皇子を擁して集まった貴族たち。しかし、遼家ばかりに甘い汁を吸わせる気はない。

孟家当主である浩然も、そう考える一人であった。だからこそ、こうして皇城を攻め落とす先陣を切ったのだ。

孟家は前帝時代まで、劉家と並ぶ凰朔軍事の要であった。だのに、今は劉家が贔屓され、不当に地位を低くされている。

天明の打ち立てた官吏登用試験では、名なしや女にまで、受験資格を与えた。あり得ぬ話だ。皇城を守る衛士にすら、そのような者を登用するらしい。反発の意を示した結果、浩然は重要な任から外されるようになった。

あのような制度、承諾できるはずがない。長年、凰朔を守ってきた貴族たちをなんと心得るか。甘んじて従うふりをしていたが、我慢ならぬ。

遼家は気に食わぬが、天明に服従もできなかった。あんな男に諂《へつら》うことで贔屓される劉家には、殊更、嫌悪感を覚える。

「劉の若造も、大したことはなかったな」

浩然は軽く笑んで、後宮の壁を見あげる。

ここを落とせば、国をとったも同然だ。皇城は警備の穴をつき、内側から崩したので梅安を攻めるまでもなかった。安易に皇城を捨て、少ない手勢で後宮に籠城するとは、劉清藍も落ちたものだ。

後宮など、壁が高いばかりで守備に適していないし、足手まといの女や宦官の巣窟ではないか。

兵たちが西の堀に橋を架ける。後宮の外側は堀に囲まれているが、この場所が最も幅が狭く、渡りやすくなっていた。守備の兵も確認できない。

すぐに陥落するだろう。

最初に壁まで辿《たど》りついた兵が縄をかけ、順にあがっていった。

早く結果を出さねば。

皇帝を捕らえ、遼家のうえを行くのだ。

哉鳴皇子は浩然に言った。「期待しています」と。彼は遼博宇の傀儡として育てられたが……亡き最黎皇子に近い才を感じる。

「？」

兵が幾人か壁をのぼりはじめた段階で、浩然は人影に気づいた。

壁の上部で動く者がいる。

小柄で細身の……女だ。女が何人か壁のうえに立っていた。一列に並んだ女たちが、両手をあげている。

「投降者でしょうか」

「おそらく」

近習《きんじゅ》に問われ、浩然はうなずいた。

後宮内部の状況に絶望し、投降を希望しているのだろう。か弱い女たちには、それしか生きる道はない。

哉鳴皇子が浩然に要求したことが一つある。無防備な女子供を殺してはならぬ。今後、凰朔を治めるに当たって、決して、虐殺のすえに帝位を簒奪《さんだつ》したという話を残してはいけないのだ。

これには浩然も賛成であった。

「投降するか!」

問うと、女たちがうなずいた。

「わたくしの名は、陳夏雪。投降します……お父様と話をさせてください。おねがいします」

陳家……凰朔でも指折りの大貴族だ。皇族との関係も深いためか、此度の挙兵には名を連ねていなかった。だが、皇帝派とも言い切れない。いわゆる中立の立場を貫く貴族であった。

彼女を保護すれば、陳家の加勢も見込めるやもしれぬ。

「陳家のご息女か」

「如何にも。後宮の賢妃にございます」

陳夏雪は震える声で肯定した。

「後宮に逃げ込んだ兵はどうした？　近くにいるか？」

「わ、わたくしには、よくわからなくて。とにかく、恐ろしいの。この近くに、兵などいません。信じてください」

後宮の妃に、兵の状況を聞いても把握しているわけがない。むしろ、見つからぬよう逃げてきたのだろう。そう納得させる言い方であった。

「わかった。では、ゆっくりと壁の際に立つのだ。殺しはせぬ」

彼女たちを保護してから攻めればいい。

しかし、浩然の指示に陳夏雪は動こうとしなかった。

「……申し訳ありません。怖くて動けない……弓をさげてくださらないかしら？」

容易く武器をさげるのも馬鹿馬鹿しいが、相手は陳家の令嬢だ。あまり刺激すると、陳家が皇帝派についてしまう可能性がある。それに、彼女は怯えたお嬢様だ。なにができよう。

浩然は弓隊に、武器をおろすよう命じた。

こちらが武装を解いたところで、陳夏雪と横に並んだ女たちが動く。足元に置いていた荷物を持って、壁の際まで歩み出た。

　どうやら、後宮を逃げ出すにあたり、荷物をまとめていたらしい。投降するというのに、荷づくりするなど悠長な。だが、世間知らずな小娘が考えることだ。なにも不自然ではなかったし、大目に見る度量くらいは浩然にもある。

　月光を背景に、陳夏雪は浩然を見おろした。

　薄らと確認できる顔は、月精のごとき美貌である。後宮の賢妃の座は、家柄だけで勝ち取ったわけではないのが、よくわかった。

　今代の後宮は、変わり者ばかりと聞いていたが……思わず見惚《みと》れてしまう美しさ。

　彼女を救った恩賞として、陳家から娶《めと》ることを提案するのも悪くないかもしれない。

「いや、待て」

　唐突な胸騒ぎが浩然の頭を支配する。こちらを見おろす陳夏雪の姿は美しい。しかし、その顔に怯えの色が一切なかった。よく見ると、女たちも裾の広がった赤い袍服を身につけており、後宮の装いではない。

　嫌な予感がした。

　だが、浩然の指示は遅かった。

「なんだ!? あ、熱ッ!」

「ぎゃあ!」

　壁をのぼっていた兵たちから叫び声があがっていた。

「やられた……！」

女たちが持っているのは荷物などではない。煮えたぎった油の入った壺《つぼ》だ。壁を這い上がる兵に向かって、一心不乱に垂らしていた。

武装を解いていた弓兵たちが、矢を番《つが》える。

けれども、弓兵たちの手元になにかがぶつかり、阻まれてしまった。「かーん」と、石を打ちつけるような音だけが響く。

「無礼者。わたくしに武器を向けるというのかしら。後悔させてあげるわ」

陳夏雪が前に出ながら兵たちを睨みつけている。細い手には棒を持ち、球のようなものを打っていた。

これが、野球……！

あれは、なにをする道具だ……いや、どこかで見た覚えがある。たしか、あのような遊戯の観戦にうつつを抜かす輩《やから》が皇城にもいた。

「的にして差しあげますわ。我が牡丹鯉団は後宮一の守備力を誇るのです。この程度の兵を蹴散らせなくて、どうしますか」

女たちの球は適確に兵たちを狙い打ち、味方から悲鳴があがっている。隠れていた宦官たちが、捕球を担当しているようだ。

謀られた。彼女たちは、待ち伏せし、油断させ、奇襲を仕掛けたのだ。

「女だからと油断させおって……卑怯《ひきょう》な!」

「勝てる手を使わぬ道理はありません。普段は奇策を仕掛けられてばかりですが、味方《監督》につけると、劉貴妃は頼もしいわね。悔しいけれど」

「劉だと……?」

劉清藍の妹が後宮に入っているのは周知の事実であった。まさか、これは妹の策だとでも言うのか。

しかし、相手の武器は球である。高地に陣取られているとはいえ、弓の射程圏内だ。射殺してしまえば問題はない。

「さあ、行くわよ。祭りの残りがあるの」

浩然のすぐ近くにも、球が打ちつけられる。

「…………ッ」

だが、様子がおかしい。

球に導火線がついている。

「退避!」

叫んだときには、地面が弾け飛んでいた。色とりどりに飛び散る火薬と、耳を劈《つんざ》く爆音。激しい煙で視界まで奪われてしまった。

月を背に、美姫《びき》が棒を肩に担ぐ姿だけが浮きあがっている。

「後宮の女はね。矢を射ることができないけれど、硬球なら打てるのよ。覚えておきなさい」

毅然《きぜん》と宣言する様は、とてもか弱い妃とは思えない。

まるで、悪鬼のようであった。

四

後宮の指揮は劉貴妃が執っていた。

「お兄様には、主上をお連れする役目がございます。ここを守るのは、私の務め。必ずや責務をまっとういたしますわ」

劉貴妃は張り切って、羽扇をにぎりしめている。

隣で、蓮華は苦笑いした。

もちろん、感心はしている。野球で監督として采配をふるってきた劉貴妃だが、まさか、本当に軍略の才があるとは思っていなかったのだ。

「自分、えらい楽しそうやん」

「ええ。楽しくて仕方がありませんね！　こんなこともあろうかと、常日頃から後宮に陣を敷く想定をしておいてよかったです。私には、百八の策がございますよ！」

「多すぎるわ！　どんな想定してんねん！」

ま、その想定のおかげで、今こうして役に立っているわけだが。

清藍から、妹の劉貴妃は、軍務に就く兄たちと同じように振る舞いたがっていたと聞いている。後宮に入ってからは、野球が才能を発揮する場となっていただけだ。

あっさりと清藍が指揮権を譲るだけのことはある。

皇城から後宮へ退避してきた兵は思いのほか少ない。効果的に配置して、あとは後宮の女たちで凌《しの》ぐ必要があった。

「陳賢妃からの伝令でございます！　西の堀で敵と交戦。劉貴妃の仰せどおりの策で、見事、防衛中とのことです！」

報告に駆けてきたのは、朱燐だ。

皇城で勤務していたが、数名の官吏と一緒に、命からがら逃げてきた。蓮華が普段、後宮と皇城を行き来するために使っている抜け道が役に立ったようだ。現在は、足の速さを生かして伝令係をしている。

「夏雪。上手いことといってて、よかったわ……」

西の堀は他よりも幅が狭い。必ず、ここから攻める者があると劉貴妃は踏んでいた。迎え撃つ役目を買って出たのが夏雪だ。

危険である。しかし、本職の兵たちは分散させず、白兵戦になる可能性が高い位置に配置したい。これが劉貴妃の意見である。

現在、天明は清藍たちによって逃がされているところだ。王仙仙と傑も同行しており……蓮華は行き先を聞かされていないが、延州だと察した。

延州は都の梅安からは遠いが、周辺の街を固められている以上、離れる必要がある。仙仙を通して、王家のバックアップも期待できるだろう。

そこで態勢を立てなおし、再起を図る。これが現状の最善策であると、この場の者は信じていた。

蓮華が目を伏せている間に、次の伝令が入った。

「申しあげます！　正門の開放作戦が準備できました！」

後宮には三つの門がある。皇帝が渡るための門、宦官など役人が出入りする門、そして、宮廷の外へと繋がる正門だ。後宮に出入りする商人たちは、正門を利用するのが常だった。

その正門を、開放する。

「よっしゃ。うちの出番や！」

蓮華はバチーンと、両手を叩いて気合いを入れた。

そして、背後にそびえる後宮の正門を見据える。この向こうには、後宮を陥落させようとする兵が待ちかまえているだろう。

ここを開放すれば、どうなるかは明白だ。むしろ、一番に守らなければ敵兵が雪崩《なだ》れ込んでしまう。

「鴻徳妃、頼みますよ」

劉貴妃に見送られて、蓮華は意気揚々と正門へと駆ける。手には、杖代わりのバットも用意して完璧だ。

「せっかく、傑に作ってもろたからな。派手に使うで」

改築したばかりの正門に、蓮華が立つ。すると、予定通りに大きな音を立てながら、門が開いていった。

突然のことに、驚く敵兵たちの顔が見える。

門は堀の向こうよりも高い位置にあった。広い階段が橋みたいに架けられており、渡らなければならない。

蓮華は数歩、階段をおりていった。

「テレテレッテレーテレテレッテレーテレテレッテッテー♪　ふんにゃカパッパーふんにゃカパッパーふんにゃカパッパっぱー♪」

吉本新喜劇のオープニングテーマを口ずさんで、蓮華はみんなの注目を集める。そして、挑発するように、兵たちに向けて手招きをしてみせた。

「ここまでおいでや」

蓮華はそう言いながら、再び階段の一番上まで駆けあがる。

女からここまで言われた敵兵が黙っているわけがない。すかさず、どこかから、

「かかれ！」と声があがった。

雄叫《おたけ》びをあげながら、兵たちが階段へと群がる。

「足元、気ぃつけや」

一応、忠告はした。

充分に引きつけたところで、蓮華は杖代わりのバットで、バンッと足元を鳴らす。

「!?」

その途端、ガコンッと大きな音が鳴り、敵兵たちのバランスが一気に崩れる。

原因について、この正門の改築を指示した蓮華はよく知っていた。

「名づけて、〝滑りやすい階段〟や」

後宮を出ずに喜劇の公演ができればいいのに。そう考えて、正門に改築を施した。

つまり、ここは門であると同時に、後宮の野外劇場というわけだ。

そこに、吉本新喜劇名物のあの階段。合図をすると、階段の段差がフラットになり、突然滑り台になるという仕掛けを作ってみたのだ。〝滑る階段〟のほうが端的でいいのだが……喜劇で「滑る」は、やや縁起が悪いため、「滑りやすい」と命名していた。

けれども、誤算があった。

設計をまかせた傑が、吉本新喜劇の舞台を知らなかったのである。そのせいで、「舞台の一部を滑り台にしてほしい」と伝えたつもりが、階段全体がフラットになるようにするのだと誤解してしまったのだ。

しかも、階段そのものが堀の向こう岸から外れ、役者が堀へ真っ逆さまとなる設計である。舞台全体を破壊したがるドリフっぽさが色濃く出ていた。

「な、な、なんだ……!」

「く……ふざけおって!」

敵兵たちは混乱しながらも、滑りやすい階段にしがみついている。綺麗に堀へと落ちたのは、半分ほどか。

蓮華の脇に、女たちがせっせと大甕《おおがめ》を運んでくる。そして、階段をよじ上ろうとする敵兵に向けて垂れ流した。こうなると、ヌルヌルのローション状態だ。残りの兵もほぼ堀へと落ちてしまう。

「はー。こりゃあ、スッキリするなぁ!」

蓮華は清々《すがすが》しい気分で、堀を見おろした。油の流れる深い堀をよじ登ろうと、兵士たちがもがいているが、上手くいかないようだ。

笑いのための舞台装置が、地獄へ真っ逆さまの滑り台。茂造じいさんもびっくりの仕掛けとなってしまった。

階段は不要となり、これ以上、兵が押し寄せても困るので、桂花殿の侍女たちによって火がつけられる。ちょっともったいない。しかし、これで正門と堀の向こう側を繋ぐ橋がなくなった。

すべて劉貴妃の策である。

「お見事です、鴻徳妃」

一仕事終えた蓮華に、劉貴妃が涼しげな顔で声をかける。自分の策がハマって嬉しいとでも言いたげだ。いや、完全に楽しんでいる。

彼女にとって、野球も戦も同じ。むしろ、野球は戦の代替品でしかなかった……あらゆる意味で、妃には向いていない娘なのだろう。

「さあ、桂花殿へ戻りましょうか」

「え？　うん」

劉貴妃は蓮華の肩に手を添え、正門に背を向けさせた。ギィギィと、大きな門が閉ざされる音がする。

そのときの蓮華は、劉貴妃の行動になんの違和感も覚えないふりをした。

桂花殿に置かれた本陣。

しばらく、劉貴妃と蓮華の仕事は入れ替わり立ち替わりやってくる伝令の報告を捌《さば》くことだった。

防衛戦がはじまって、どれほどの時間が経《た》っただろう。蓮華には時間の感覚がなくなっていた。

慣れない動きは目まぐるしくて、蓮華には時間の感覚がなくなっていた。祭りの屋台運営のほうが楽に思えた。

「報告です！　古井戸に仕掛けておりました鈴が二度鳴りました！」

伝令の娘が劉貴妃に対して報告した。

横で聞きながら、蓮華は考える。

古井戸？　桂花殿の井戸のことだろうか。

たしか、玉玲があそこには抜け道があると話していた。おそらく、哉鳴皇子を後宮の外に逃がす際に使用したルートだ。

「わかりました」

劉貴妃は羽扇で、パタリと風を起こす。

「鴻徳妃。私、少々席を外しますよ」

「え？　なんや人手が必要なら、うちも手伝うで？」

「……まあいいでしょう。おいでください」

意味深な言い方に、若干引っかかりながら、蓮華は劉貴妃について歩いた。

「主上さん、古井戸から逃げてはるん？」

「いいえ、そんなわけがないでしょう？」

「え？」

劉貴妃は笑みを絶やさぬままだった。彼女の侍女が灯《あか》りを持ち、桂花殿の庭へと向かっていく。

「齊玉玲に悪意があるとは言いません。ただ、件《くだん》の抜け道は哉鳴皇子が通ったものなのでしょう？　ということは、逵家は存在を把握しているのですよね」

「あ……」

蓮華も指摘されて初めて気づいた。

玉玲も、そこまで思い至らなかったのだろう。

「そのような危険な抜け道を通るのは、愚かです」

「せ、せやなぁ」

蓮華は、気づかなかった自分のことを棚に上げ、目をそらした。

しかし、抜け道を天明が使っていないというなら、どうして。

仕掛けた鈴って、なんやねん？

「さて、本番ですよ」

蓮華の疑問に答えるかのように、劉貴妃は満面の笑みを浮かべた。

古井戸の脇では、鈴がリンと音を鳴らしている。

「例のものを用意しているかしら」

「こちらに」

劉貴妃の問いに、控えていた侍女が答えた。

侍女の手には、壺が二種類ある。

「皇城を落とした兵は、孟家の手勢だったと聞きました。遼家が先陣の座を譲るなど、意外だとは思いませんか？」

「たしかに……」

言われてみれば、そうだ。遼家は哉鳴皇子の身柄を手にしている。だからこそ、謀反のため結託した貴族たちの頂点で在りたいはずだ。

軍事力のちがい……だとしても、他家に割り込ませたくないと考えそうだった。

「そうか。今、井戸を進んどるんは……」

「十中八九、遼家の兵ですね。抜け道を使って、他の貴族たちを出し抜くつもりだったのでしょう」

劉貴妃の侍女が壺を一つ、古井戸の中へと投げ入れた。井戸には水が張られていなかったらしく、バリンッと壺が割れる音が反響する。

「ここやないってことは、主上さんはどこから……」

「主上には気を失っていただいているので、そもそも、このような抜け道は使えません。負傷兵を装って運び、正々堂々と皇城の門から逃げているはずです。敵は所詮、寄せ集め。統率はとれておりませんよ」

「そりゃあ……えらい大胆な」

「兄の策です。私も、そこまで考えられるようになりたいものですね」

たしかに、天明は命を賭す覚悟であった。逃げろと言っても聞かないのはわかっていたが、まさかそんなダイナミックな方法をとっていたなんて……成功をねがうばかりだ。

「はい、仕上げにもう一つ」

劉貴妃は、まるで料理の隠し味でも入れるような素振りで、もう一種の壺を古井戸に投げ入れた。

再び、壺が割れる音が響く。

「で、なにしたん？」

蓮華は古井戸をのぞき込もうと、身を乗り出した。

けれども、劉貴妃が蓮華の肩に手を置く。

「やめておきなさい。死にますよ」

顔に浮かんでいるのはやはり、笑みだった。

蓮華は劉貴妃に返答ができず、固唾を呑んだ。

「鴻徳妃はお優しいから、ここまで。もう、戻りましょう」

蓮華は劉貴妃を直視できなかった。脇で、侍女が淡々と井戸の口を蓋で塞いでいる。

日本にも、「混ぜるな危険」と書かれた洗剤があった。特定の薬品を混ぜあわせると、有毒ガスが発生するというものだ。

あの二つの壺の中身は——。

「戦ですから、致し方ありません」

劉貴妃は事もなげに言って微笑した。

本当は蓮華だって察している。

これは、戦争だ。

「さっきのことなんやけど……もしかして、うちを正門から離したんは、わざと？」

小さな違和感を覚えた。

劉貴妃は、蓮華の疑問に答えるようにうなずく。

「堀に石を落とす指示を出していたので」

敵兵を堀に落とし、身動きがとれないところへ石を投げ入れて攻撃する。たしかに、理にかなっていた。

そして、蓮華に見せたくない理由もわかる。

「暗い顔をなさらないで」

劉貴妃は優しげな声音で言い、蓮華の頬に触れる。

「鴻徳妃は、私を楽しませてくれます。感謝しているのですよ。そして、あなたの優しさも好ましい」

母親が子にするように、劉貴妃は蓮華を抱きしめた。転生してから、こんなことをしてくれる女性はいなかった。蓮華がする側に回るほうが多い。

乗り気で戦を楽しみながらも、思いやりの気持ちも持っている。どちらの側面が劉貴妃の本質なのか、見誤ってしまいそうだ。いや、両方なのかもしれない。

「ごめんなさい。鴻徳妃に重荷を押しつけてしまいました」

髪を梳《す》く手が心地よくて、蓮華は思わず目を閉じる。歳《とし》の変わらぬ娘同士なのに、涙がにじみそうになった。

それくらい、今自分の心が弱っているのだと自覚する。

「……大丈夫や。ありがとう、劉貴妃」

蓮華は、悲しみを振り払うように顔をあげた。

笑顔を作った瞬間に、目に溜《た》まりかけた涙が引いていく。元気が戻ってきたみたいで、身体に力が入った。

主上さん……大丈夫やろか。

こんなときなのに、真っ先に考えたのは、天明のことだ。他にも心配な人はたくさんいるにもかかわらず、不思議なものだった。

いなくなってほしくない……。

恋とか愛とか、そんなものは蓮華にはわからない。赤い実も弾けなかったし、空からハレルヤの合唱も聞こえてこない。

でも──。

「伝令でございます!」

桂花殿の者が、劉貴妃のもとへ駆け寄ってくる。

「主上が無事に梅安を出た合図を確認いたしました」

「そうですか」

劉貴妃が短く返答をする。

その隣で、蓮華の足から力が抜けた。

よかった。

途端に、引っ込んでいたはずの涙があふれてくる。さっきまで、元気なような気がしていたのに、張りつめた糸が切れたみたいだ。

「よかったですね、鴻徳妃……いえ、鴻正妃」

崩れ落ちた蓮華に触れる劉貴妃の声は、平坦《へいたん》であった。

「うん……よかった……」

蓮華は何度もうなずきながら、袖で涙を拭う。拭っても拭っても、あふれてくるから大変だ。

今日は泣きすぎや。目が腫れてまう。

そう思っていても、止めることはできなかった。

五

東の空が、ほのかに明るくなっている。

夜を徹する戦いとなってしまった。

桂花殿にやってくる伝令も、徐々に元気がなくなっていく。みんな疲労を隠せず、防衛ラインの維持がむずかしくなってきたのだ。

「伝令にございます！　……皇城に通ずる門が突破されました。現在、兵たちが食い止めていますが、いつまで持つか……」

最初に破られるのはそこだろうと踏み、白兵戦ができる兵士たちが集められていた。さすがに時を稼ぐことは可能だろうが、もう追い返せない。

蓮華は劉貴妃に視線を移した。

「そうですね。潮時です。目的は果たせましたので、我々の役目はここまで」

劉貴妃は羽扇を置き、立ちあがる。

そして、蓮華の背に手を添えた。

「まいりましょうか」

劉貴妃の歩調にあわせて、蓮華も進む。

桂花殿から出ると、後宮がいつもとちがうとはっきりわかった。

慌ただしく走り回る宦官や女官たち。水仙殿は負傷者が運び込まれる治療所にされているが、外にも人があふれている有様だ。炊き出しをする芙蓉殿の者からも、普段は見せぬ疲労の色がうかがえた。火矢をかけられたのか、炎上している建物もあり、消火のため奔走する女たちもいる。

劉貴妃が蓮華を早々に桂花殿へ入れたのは、この惨状も見せたくなかったからだろう。

「う……ぐ……もう、嫌……」

人目も憚《はばか》らず、うずくまって泣き崩れる女官がいた。服に煤がついており、火事から逃げてきたのがわかる。

怪我はしていないようだが、嗚咽を漏らしながら地面を力なく拳で叩いていた。

「がんばったんやな……ほら、飴ちゃん食べ」

蓮華は女官の前に膝をつき、飴を一つ差し出す。女官は目を見開きながら顔をあげ、震える手で飴を受けとった。

「鴻……徳、妃ッ」

女官はそれだけ言って、飴をにぎったまま地面に額をこすりつける。

もう、限界なのだ。

誰も彼も、いつ動けなくなってもおかしくない。

「蓮華様！」

いっそう大きな声があがる。

炊き出しの指揮を執っていた陽珊が、こちらへ駆け寄ってきた。一晩中、働いていたせいか、顔に炭火の煤汚れがついている。

「私もご一緒いたします」

陽珊は胸に手を当てて主張した。

「でも、陽珊には芙蓉殿のみんなを……」

「みんな大丈夫です。長い間、あなたのもとで働いてきた者ばかりですよ」

陽珊は唇に笑みを湛《たた》えながら、蓮華の手をとった。

「私は、いつも蓮華様に守っていただいてばかりです……おそばに置いてください。必ず、あなたを守ります」

従業員を守るのは雇用主の義務だ。蓮華は常々、そう口にしてきた。当たり前のことで、見返りなんて求めていない。

それどころか、今回、陽珊たちは蓮華を逃がそうとしてくれたのに……。

「守るとか、べつにええんやで」

蓮華は視線をさげていたが、やがて、陽珊を正面から見据える。

「でも、せやな……一緒にいてくれると、心強いわ」

蓮華は陽珊の手を、そっとにぎり返す。

陽珊はしばらくうつむいていたが、唇をキュッと結んでうなずいた。

破られたのは、皇城に通じる門だ。

普段は、宦官など役人が出入りするために使われる。

門へ近づくにつれて、物々しい雰囲気が増した。

物が焼ける匂いや、男たちの怒号、剣と剣がぶつかりあう音。目を背けたくなるような光景がありありと想像できる。

「この先は、戦場ですよ」

劉貴妃の言葉に、蓮華は身の毛がよだつ思いだった。逃げ出したくて、足が震えはじめる。

けれども……駄目だ。

蓮華には、やることがある。

日和《ひよ》ったら、あかん。ナメられたら、終わる！

「陽珊、あれを」

「はい」

陽珊は、蓮華の前にスッと棒を差し出した。

ちょうど、防衛線を突破した敵兵が雪崩れ込んでくるところだ。返り血を浴びた者までいて、凄惨さに身震いする。

それでも蓮華は、陽珊から受けとった棒を右手に掲げた。さながら、ホームラン予告のように、ズィッと天へ突き出す。

「止まるんや！」

蓮華の声が朝陽の昇る空へと木霊する。

その瞬間、風が吹き、棒に巻いてあった布がはためいた。木製バットに、白い布を括りつけた急造の旗だ。

白旗である。

「今日はこの辺にしといたるわ！　降参や！」

大きな声を出そうと思ったら、ついついガラの悪い関西弁になってしまった。

凰朔では降伏のしるしに白旗をふるという共通認識はない。けれども、こういうのは目立つのが大事だ。戦意がないと伝われば、なんでもよかった。

「うちは……いいえ、私は!」

蓮華はさらに声を張りあげた。なるべく、多くの者に聞こえなければならない。訛りも極力改める。

「鴻蓮華。この後宮の——正妃です!」

はっきりと宣言すると、うしろで陽珊が身じろぎするのを感じた。でも、こういうのはノリと勢いが大事や。蓮華は構わず言い切る。

「もう一度言う。降伏します! これ以上の抵抗はしません!」

兵たちが立ち止まり、どうすべきか思案しているようだ。

「こちらの要求は、一つ! 宮廷の人々と、梅安市民の安全を保障してください!」

蓮華は高らかに宣言しながら、バットを地面に打ちつけた。

こんなこと……きっと、天明は許さない。

今、蓮華がやろうとしているのは、天明がしようとしたことと同じなのだ。

劉貴妃は蓮華に再三、覚悟を問うていた。そのたびに、蓮華も迷ったが、やはりこれしかない。

正妃として蓮華の身柄を差し出す代わりに、みんなの安全を守る。

それができるのは、天明以外だと蓮華——正妃しかいないのだ。

「ごめんなさい」

小さくつぶやいたのは、劉貴妃だろう。しかし、蓮華はふり返らなかった。

やがて、兵たちが何者かのために道を開けはじめる。

蓮華は臆さず仁王立ちした。

「…………」

兵の間から歩み出てきた人物を、蓮華は睨みつける。

「困りましたね」

足音がほとんどしないのは、ずっと陰に潜んで生きてきたからだろうか。足運びは優雅なのに、どこか不穏な空気をまとっている。

メリハリのある顔立ちは整っており、美男と言ってもいいのかもしれない。けれども、蓮華は彼に少しも心を動かされなかった。

紫耀――いや、哉嗚は蓮華の前まで歩み寄り、にこりと笑う。

いつもの、目だけ笑っていない薄ら寒い表情ではない。

その笑顔は、たしかに母親の玉玲を彷彿とさせるものであった。この顔を見ると、今までの笑い方は、わざとであったとわかる。

「時を稼いだのですね」

「…………」

天明の逃げる時間を稼ぐ防衛作戦は、あっさり見抜かれていた。やはり哉嗚が相手では油断できない。

とはいえ、逃走成功の報せがあったのだから、捕まってはいないだろう。

「後宮の妃が相手だと侮った、こちらの落ち度か」

「舐めてもろたら困りますわ。こちらには、肝の据わった女がそろっております」

「それは魅力的ですね」

蓮華は精一杯イキろうと、背筋を伸ばした。それでも、男の目線に届かない。たぶん、哉嗚の背丈は天明よりも高いだろう。

「要求、呑んでいただけますか？」

「あなたが正妃だと言い張るなら、身柄と引き換えに」

哉嗚の物腰はやわらかかった。まるで、客人でも扱うように、蓮華の前に右手を差し出す。

「おいでなさい」

「………」

蓮華は哉嗚の手を睨みつけ、口を曲げる。

「はよ、案内してや」

けれども、蓮華は手をとらず、そのまま歩を進めた。

「ええ」

哉鳴は意外そうに目を見開いたが、すぐに返事をする。

陽珊が蓮華のあとに続き、劉貴妃は立ち止まって蓮華を見送った。劉貴妃には、後宮に残された者たちをまかせたいので、正しい選択だ。

朝陽がまぶしい。

完全に夜が明け、新しい一日が来るのを告げる光だ。

けれども、これが……新たな政治のはじまりだと、蓮華は思っていない。

ただの送りバントや。

まだまだ試合は、終わってへんで。

主上さん――。

あとは頼んますよ。

後夜祭　大阪マダム、ご懐妊!?

一

寝台が硬い。

いや、寝台ではないのか。

寝床が揺れて、単純に身体が痛い。めまいもあるし、嘔気《おうき》もする。最低最悪の目覚めであった。

「………」

天明は薄らと目を開く。

布で覆われた粗末な天井があった。

寝床だと思っていたのは、雑に敷かれた藁《わら》だ。目の粗い床板のうえに、直接寝かされているのと変わらない。

車輪の回る騒々しい音と、規則的な蹄《ひづめ》の音。

荷馬車のようだ。

「…………ッ！」

ようやく思考できるようになり、天明は身体を起こした。

ここは、どこだ。

意識を失う前のことを思い出そうと、天明は額に手を当てた。

視界に入った自分の衣服が変わっている……兵装のようだ。

「お目覚めですか、主上」

凛《りん》とした女の声が、思考の鈍る頭にもよく届いた。

荷馬車の中には、見知った顔がある。颯馬、清藍、傑、そして仙仙だった。皆、雑兵の装いで座っている。

朝が訪れている。

布の隙間から、まぶしい陽が射し込んでいた。

「どういうことだ。梅安はどうした！　これは……どこへ……」

言いながら、天明は徐々に事情を理解していった。気を失うまでの記憶を遡れば、説明されなくとも答えは見えてくる。

「俺は……逃げたのか」

最後の問いは力なく、情けのないものであった。

颯馬が申し訳なさそうに、目を伏せる。

肯定の意だった。

「……蓮華は？」

蓮華がいない。

天明は彼女を逃がせと指示したはずだ。

「どこか、べつの場所にいるのか」

そうであってほしいという願望だ。

蓮華はどこへ行ってしまったのだろう。

「主上」

言葉を発したのは、仙仙だった。

澄んだ声音は湧き水のように清らかであったが、弓の弦を弾くような凛とした強さも併せ持っていた。

小柄な身体に似合わぬ鋭い視線に射貫《いぬ》かれそうだ。いつもであれば、平然としていられる。

しかし、今は天明のほうが黙らされてしまった。

「鴻蓮華には、〝正妃〟として残っていただきました。主上の代わりです」

「…………！」

淀《よど》みなく告げられて、天明は奥歯を噛みしめた。

衝動的に、仙仙につかみかかりたくなる。けれども、それが無意味であると、自制する理性もあった。

「蓮華は……正妃ではない」

「ええ。でも、事実上の正妃であると、天翔祭で周知されました。主上の代わりを務められるのは、鴻蓮華だけです」

仙仙は用意された文書を読みあげるかのごとく、天明に説いた。

「俺のほうが……」

蓮華なら……野に放り出されても生きていける。強くたくましく立ちあがる雑草のような女だ。むしろ、政から遠ざけたほうがいい。どこかで好きな商いでもしていればよかったのだ。

天明が身を差し出せば、すべて丸くおさまる。なのに、どうして蓮華を残して逃げなければならない。

脳裏に、泣き叫んで天明を呼ぶ蓮華の顔がよみがえる。

あのような顔をさせたくなかった。しかし、こんな結果よりも遥かにいい選択だと信じていた。

なぜ、いつも天明の思い通りにいかないのだ。

「いいえ。主上には、いてもらわねば困るのです」

憤る天明の前まで、仙仙は進み出た。

「あなた様は今、逃げているのではないのです」

仙仙がはっきりと述べるが、今の天明には響かなかった。

蓮華が梅安に残り、天明が逃げている事実だけが、ここにある。心に穴が空いたみたいに虚しかった。

こんな気持ちになったのは、最黎を失ったとき以来だ。

「よいですか」

仙仙が突然、天明の胸ぐらを両手でつかんだ。颯馬や清藍が驚いて腰を浮かせている。左右で色のちがう瞳が、天明を直視していた。

「凰朔国の皇帝は、あなた様なのです。まだ廃位の手続きを行っておりません。ゆえに、あなた様が皇帝。玉座にいるべきは、あなた様。一刻も早く、梅安を奪還する必要がございます」

自分は今、さぞ呆《ほう》けた顔をしているだろう。

仙仙の目は天明を放さなかった。

「そのために、我々は延州へ向かっています。王家はあなた様しか、皇帝と認めておりません」

この場に仙仙がいる意味を考えれば、わかる話であった。

天明が梅安から逃げるのは、あくまでも一時的なもの。西の果てにある延州まで後退し、態勢を整えて梅安を奪還する。

それが天明を逃がす意味だ。

これは、戦略的な撤退。

仙仙は、そう諭していた。

周りで聞いている清藍や傑、颯馬からもあきらめの色は見えない。

絶望しているのは、天明だけ。

——今、国にはあんたしかおらんのや。

いつか蓮華に言われたのを思い出してしまう。

なにも、変わっていない。

最黎こそが皇帝と信じて、自分は日陰の身で在ろうとしたころと……蓮華と出会って、前進したつもりでいたが、ずっと立ち止まっていたのだ。

「それができないならば、今すぐ放り捨てますよ。立ちあがれない腑《ふぬ》抜けに、王家が加勢したとなれば、今後数百年語り継がれるほどの恥でございます。ご安心ください。捨て置く際は、そこにも碑を建てますから」

こんなことまで碑にするつもりか。と、どうでもいいことを考えるのは、蓮華のせいだ。同時に、仙仙の顔を見る余裕ができてきた。

蓮華……。

天明は表情を改めた。

「俺でいいのか……」

この期に及んで尻込みしているわけではない。

ただ、ここにいる人間には確認しておきたかった。

「お前たちは、俺についてくるのか」

揺れる荷馬車の中で、天明は立ちあがる。

足場が不安定だ。

しかし、天明は二本の足で踏みとどまる。

「俺にできると、信じてくれるか?」

声を張ると、気持ちも幾分前を向く。否、前進しなければならない。

「もちろんです」

最初に答えたのは、颯馬だった。頭を垂れ、天明に従う意を示す。

「主上、こちらを」

清藍はやがて、布に包まれた荷物を差し出す。

荷を解くと、中から龍の装飾が施された宝剣が現れた。帝位を継承する儀式でしか使用しない剣《つるぎ》だ。代々の皇帝が受け継いできた、帝位の証。

天龍の剣。

あの混乱の中、持ち出していたのか。

天明は黙って、清藍から宝剣を受けとった。

「俺は仙仙が言うんなら、それがベストだと思ってるからよ……どうせ、下っ端だ。好きに使ってくれ」

傑は他人事《ひとごと》のように言うが、目はしっかりと天明を見据えていた。この侍女は、蓮華と同じく不思議なところがある。身分に関係なく、いると頼もしかった。

「主上の勇姿、しかと見届け、歴史に刻みます」

仙仙はさきほどまでとは打って変わり、淑《しと》やかに頭をさげた。

彼女は延州と皇族の縁故を結ぶため、身一つで後宮へ来ている。最初から、他の妃とは覚悟がちがうのだ。

梅安を必ず奪還し、玉座を取り戻す――。

天明は唇を噛みしめた。

だが、今この瞬間も天明は自覚していた。

自分を突き動かす動機は、皇帝に相応しくない、と。

都の梅安には、蓮華が残されている。

敵に囚《とら》われているとはいえ、彼女が簡単に死ぬとは思えなかった。

必ず、取り戻さなければならない。どんな手を使っても、蓮華を助け出す。

天明にとって玉座も、都も、最優先には考えられなかった。このような思考は、皇帝としては失格かもしれぬ。こんな自分についてくると言ってくれる彼らを裏切る思想だろう。

「あの阪神馬鹿を……蓮華を迎えにいくんだろ？　へへ、つきあってやるぜ」

荷馬車の端で、傑は唇の端をつりあげていた。まるで、天明の動機など見透かしているかのようだ。

他の者も、心得ているとばかりに笑みを浮かべていた。

「…………ッ」

居心地が悪くて、天明は顔を隠すようにその場に座った。

なんだこの空気は。すっかり、気が抜けてしまうではないか。

天明は深く息を吸い、ゆっくりと吐き出した。

ため息をつく代わりに、こうすれば思考が整理できるのだと、蓮華に言われたことがある。

まず、延州を目指す。

これは後退ではない。

二

縄で縛られるんは、二回目か。

などと考えられる程度には、まだ蓮華の心に余裕がある。

夜を徹した攻防戦の幕切れは呆気なかった。蓮華が降伏したことによって、各所に配置した者たちも、捕らえられたらしい。

ひとまず管理下に置くだけ。危害は加えないと、哉鳴が約束してくれたけれど……不安だ。

蓮華は縄で縛られ、皇城へ連れていかれる最中だった。

「…………」

日が高くなると、物々しさがよくわかる。

いつもは官吏や貴族たちが行き来する回廊には、誰も歩いていない。十両編成の電車くらいありそうな長い回廊がガランとしていると、本当に戦いのあとだと実感させられる。誰かの流した血液が、未だ処理されず残っている様は痛ましくて目を背けずにはいられない。

庭から見える範囲でも、燃えてしまった建物が確認できた。いつか颯馬とのぼった通天楼《つうてんろう》も、無惨な姿である。

無抵抗の蓮華の手を麻縄で縛り、兵士が四人もついて歩いている。

「こないにせんだって、逃げへんわ。コスパ悪いなぁ……」

人件費の無駄だ。蓮華は給料をケチることはないが、過剰な配置は嫌いである。

そんなどうでもいいことを考えながら歩く蓮華のうしろで、陽珊が震えている。青ざめた顔をし、唇を噛みしめていた。

「陽珊、堪忍な」

蓮華一人でよかったのに。陽珊は一緒に行くと言って聞かず、常に行動を共にしていた。蓮華と同じように麻縄で手首を縛られている姿が痛ましい。

こんなことにつきあわせてしまって、申し訳ない。

けれども、陽珊は不安げな表情のまま首を横にふった。

「いいえ……私が蓮華様をお守りするのです」

青い顔で言われても、余計心配になるだけだ。

でも、一人よりは心強い。

絶対に陽珊を守ろうという気持ちになる。

長い回廊を進んだ先には、皇城の中心部たる広場があった。

石造りの広場は左右に開けており、大きな箱庭のよう。そこに武装した兵たちが整列しているものだから、緊張感と熱気に当てられそうだった。

正面に延びる長い石段の先に、廟堂が聳《そび》え立っている。

蓮華は皇城にも出入りしていたが、ここへ来るのは初めてであった。

「すご……」

後宮とちがって、皇城は政務を行う場所だ。

華美な装飾は少なく、質実剛健な印象を全体から受ける。けれども、この場だけは雰囲気が異なった。

石畳の一つひとつにまで模様が彫られている。中央を貫く道に沿って配置された灯籠も見事な芸術品だ。太陽の光を反射する瑠璃瓦《るりがわら》が、輝かしさを強調するかのようだ。

思わず圧倒される。

この国の権力というものを、形として理解させられてしまう。

主上さん、いつもこんなところで戦ってるんやな……。

蓮華が知る仕事中の天明と言えば、執務室で書類の山に埋もれて疲れた顔をしている姿くらいだ。あとは、行事に出席するのを見る程度。

こんな場所で、多くの貴族や官吏を従え、そして敵と相対していると考えたら……彼が芙蓉殿へ休憩に来るのが、いまになって理解できる。

ここは、政を行う戦場。

皇帝という存在を権威づける役割もあるのだろう。砦《とりで》であり、鎧《よろい》なのだ。他の場所とは性質が異なっていた。

長すぎる階段を、蓮華たちは一段ずつのぼっていく。手が自由ならいいが、縛られていると一苦労だ。

「はあ……」

さすがに、一番上に到達するころには、息があがっていた。この時点で、思考がずいぶんと阻害されてしまう。

「早くしろ」

「も、申し訳……」

蓮華のうしろで、陽珊が石段に膝をついていた。どうやら、バランスを崩したようだ。両手が使えないので仕方がない。

「手荒な真似せんといて！」

蓮華は睨みつけるが、効果は薄そうだ。兵に引かれながら、陽珊は無理やり残りの石段をのぼらされた。

「大丈夫やった？」

「ええ。ご心配なく……」

陽珊はそれでも、強がっている。

彼女には普段、後宮内の店舗経営をまかせている、いわゆる事務方だ。野球もほとんどしていなかった。夜通し、炊き出しもしていたので、疲れはピークに達しているだろう。

本当なら、温かい布団でぬくぬく休んでほしい。なんなら、甘いものとお茶を差し入れするところだ。

蓮華は兵に連れられるままに、廟堂へ足を踏み入れた。

「…………！」

広場の時点で異空間だと思っていた。

けれども、中はさらに空気が重い。

堂内を埋め尽くしていたのは、凰朔の貴族たちであった。あまり顔に馴染みのない人間が多いのは、それが反秀蘭派に名を連ねる者たちだからだろう。しかし中には、天明の側についていたはずの者までいた。

その視線を一身に受けて、蓮華は背筋が凍りつく。嫌な汗がにじみ、身体中をゆっくりと流れていった。

ここにいるのは、全員敵。

今まで、蓮華は遼家くらいしか対峙《たいじ》してこなかった。だが、天明はもっと多くの敵と戦っていたのだ。

わかっていなかったのは、彼が蓮華に政の舞台を見せなかったから。

蓮華は守られていたのだ。

好きな商売や行事をやれるように……過酷な政に関わらずに済むように……。

いまになって、どれだけ天明が蓮華を思いやってくれていたのか身にしみる。

甘やかされていた。

守られていたことに、まったく気づいていなかったのだ。

でも……ここへ来たんは、うちの意思や。

「プレイボールや」

自分にしか聞こえない声でつぶやき、蓮華は前に進んだ。陽珊も、うしろからついてきてくれる。

これだけの人間がひしめいているのに、中央だけ道が空けてあるのが不思議だった。まるで、卒業式の体育館。いや、雰囲気はもっと重苦しくて、葬式みたいだ。

真正面に配置されているのは、玉座である。

図々しくも、玉座の隣に立つのは、通天閣のビリケンさん……やなくて、遼博宇。

顔だけはビリケンさんにそっくりだが、腹の中はドス黒いオッサンだ。ツバ飛ばしたろか。

だが、もっと憎たらしいのは、玉座にいる男だった。

「手荒な真似をして、申し訳ありません」

哉嗚は、白々しい笑みを浮かべてそう告げる。

さも、自分が国の主であると言いたげな態度だ。高い位置から見おろされていると、腹が立つ。この場に、〝滑りやすい階段〟を仕込んで、玉座ごと穴ぼこに落としたろか。いい顔で滑ってくれるやろ。

蓮華は真正面から、哉嗚を睨みあげる。

「頭《こうべ》を垂れよ。陛下の御前であるぞ」

指示したのは遼博宇だった。

無駄に高い天井に声が反響して、幾重にも木霊する。建物がそういう造りになっているのだ。劇場公演でも、活用した効果だった。

蓮華は哉嗚を皇帝とは認めたくない。天明を追い立て、玉座を奪うなどあってはならないのだ。

血筋はどうあれ、正当な皇帝のはずがなかった。

「……このスピード感やと、正式なご即位の手続きが済んでないと思いますが」

蓮華は目だけ伏せて抵抗する。

昨日の今日、玉座を奪った哉鳴が、即位の儀を済ませているはずがない。祭事だけでも大変な準備が必要なのだ。皇帝の即位ともなれば、もっと煩雑な手続きが必要だろう。

「小癪《こしゃく》な」

そのことを指摘すると、遼博宇があからさまに表情を歪めた。

見守っていた貴族たちの空気も変化するのを感じたので、蓮華は「なにかあるのだ」と直感する。

「正式な手続きと申すならば……そなたは正妃を名乗っているが、実際は徳妃ではないか」

遼博宇に、痛いところを突かれた。

書面において、蓮華の肩書きは徳妃である。正妃となった事実はなかった。

だが、ここまで来たら退《ひ》けない。

蓮華は胸いっぱいに息を吸い込んだ。

「そうかもしれません。でも、主上さ……主上の約束がございました。間違いなく、天明陛下は私を正妃にすると、おっしゃっています」

蓮華は、極力訛りを排除して返す。こういうときは、舐められないよう、ドぎつい関西弁で捲《まく》し立てたいところだが、我慢した。

契約書を交わす前でも、口約束があれば契約は成立する。そのうえで契約を履行するのが商売の基本だ。ここはもう、「そういうお約束でした。なんもせんかったら、うちは正妃やったんです。知らんけど」で、押し通すしかない。

「それを証明するものは？」

厳しい口調で詰問されるが、蓮華は背筋を伸ばした。

「昨日の天翔祭で、神輿を見た多くの市民が証人ですわ。この中にも、ご覧になった方がいらっしゃるでしょう？」

問いかけながら、蓮華は大勢の貴族たちをふり返った。一定数、蓮華から目をそらす者がいる。それが答えだった。

「祭りを見て、私が正妃になると思われた方は大勢いますよね。こんなことにさえならなければ、手続きされるはずでした」

蓮華は澄ました顔で言い切った。

天明は反故《ほご》にしても構わないと言っていたような気がするが、そんなことは、こちらから言い出さなければバレない。とにかく、蓮華は正妃。はい、ここテスト出るで。メモしてや！

「なるほど」

　哉鳴が笑って手を叩く。まるで、臆することなくハッタリをかます蓮華を褒め称えているみたいだった。

　哉鳴の一声で、空気が変わるのを感じる。誰も口にしていないのに、みなが同意したような雰囲気になっていく。

　なんやこれ。

　目の前にいるのは、蓮華が今まで会ってきた男だろうか。

　玉座にいるから。笑い方が変わったから。

　それだけではない。

　いつもは覆い隠していた圧力が解放されている。常に、遼博宇のうしろで空気に徹していたときには、微塵《みじん》も感じなかった……皇族らしさ。

　まるで、天明みたいだ。

　そういえば、この人、主上さんとも血が繋がっとるんよな……。

　玉玲の産んだ次男。最黎皇子の弟に当たる。天明とは異母兄弟の関係だった。

　侮れない男だと思っていたが……ただ、遼家の人間としてここにいるわけではない。

　彼自身に、底知れぬ恐ろしさが垣間見《かいまみ》えた。

「前帝の正妃など、必要ない」

　廟堂のどこからか、ぽつんと声があがった。

誰が言い出したのか確認できない。ただ、その声が波のように、隣から隣へと伝播《でんぱ》していく様が、蓮華にも感じられた。

「のさばらせて、秀蘭のようになっては困る」

「この女を処すべきだ」

「邪魔である！」

個々の主張はまとまりがない。しかし、大波となって結束していくのを、蓮華はポカンとながめるしかなかった。

「う……うちの身柄は好きにしたらええ！　ただ、市民と宮廷の人々の安全だけは保障してや！」

声なんて、簡単に掻《か》き消されてしまう。つい関西弁に戻ってしまったが、それでも、誰の耳にも届いていないようだ。

なんやねん……この空気。

どうにもできへん。

完全に呑まれて、蓮華は焦った。

「約束してや！」

蓮華は哉鳴に向けて叫んだ。

彼だけは、なにも言わず蓮華を見おろしている。

そもそも、哉嗚には蓮華が降伏したときにも、同じ要求をした。なんとかしてくれるといいのだが……。

最悪、蓮華の身が処されても、みんなの命だけは――！

そう念じた瞬間、すぐ近くでドンッ！　と、大きな物音が響いた。装飾として置かれた燭台《しょくだい》が倒された音のようだ。

「お待ちください！」

この場の誰よりも、高くて大きな声があがる。

声の主――陽珊は廟堂にいる貴族たちに向けて一喝し、兵の手を振り解きながら蓮華と哉嗚の間に立つ。

「凰朔では、いかなる理由があろうとも、皇帝の血を引く方々を傷つければ罪に問われます！　お忘れでしょうか！」

陽珊は高らかに宣言した。

足が震えて、顔が引きつっている。

それでも、陽珊は怯まなかった。

「その女は、皇族の直系ではない！」

陽珊の弁に貴族たちが反論する。蓮華も、まだ陽珊の意図が読めなかった。

皇帝と、その直系の子を傷つけることを禁ずる。たしかに、凰朔の法にある文言だ。

まあ、そんなものは建前で、実際は毒殺、謀殺などが横行しているのだが。

とりあえず、何らかの理由で処刑するときは、専用の儀式が必要らしい。おそらく、天明が捕まっていた場合には適用されただろう。

しかし、蓮華は該当しない。皇太后の秀蘭も同じだ。皇帝の妃ではあるが、皇族の血を引いているわけではないのだから。

「陽珊、それはあんまりにも無理筋や……」

これ以上は、陽珊が危ない。なにか早とちりをしているだけだろうから、黙らせないと。蓮華は小声で呼びかける。

が、陽珊は蓮華を見向きもしなかった。

「蓮華様は、主上の御子を身籠っております！」

辺りがシン、と静まり返った。

蓮華はポカンと口を開ける。

「は……？」

今の顔は、さぞ間抜けだろう。

蓮華は気の抜けた声で、陽珊を見つめた。一方の陽珊は臆することなく胸を張っている。すごいドヤ顔だ。

「へ!?　そんなわけあるかい――」

「そんなわけがあるんですッ！」

なんの話をしている。ようやく、陽珊の言葉を呑み込んで、蓮華は否定しようとした。けれども、間髪を容《い》れずに、陽珊がバシッと蓮華を叩いた。さすがのキレ。両手が縛られていても、陽珊のツッコミは健在だった。

「芙蓉殿の者以外には隠しておりましたが、月の物が来ていません。おそらく、主上自身もまだ知らぬ事実……ですから、皇帝の御子を宿している蓮華様を処刑することはできないはずです！」

陽珊がスラスラと述べたのは嘘だった。蓮華はきちんと順調に月経が来ているし、そんな事実は芙蓉殿に広まっていない。

そもそも、蓮華は契約で寵妃となっていた。正妃にしたいと打診されたのは本当だが、床を共にした夜など一度もない。

――私が蓮華様をお守りするのです。

陽珊……うちのこと、守ってくれてるんや。

急に陽珊が頼もしく思えて、蓮華の胸が熱くなる。

「では、どうする」

「野放しにしろと？」

貴族たちの間に動揺が走っている。

妊娠など陽珊の出任せなのだが、そこを疑う人間はいないらしい……表向きは天明の寵妃であったので、子ができて当然だと思われている節がある。むしろ、いまさら感が満載だ。

「つまり」

玉座で、哉鳴が肘掛けに身をあずけている。

「鴻蓮華が子を産むまでは、処罰ができない。生まれた子を、改めて裁く必要がある、ということですね」

哉鳴は、こう意見をまとめた。

ここで彼が「関係ない、殺せ」と命じれば、蓮華は処刑コースだ。凰朔には法があるものの、絶対ではない。とくに、皇帝の権力は絶大だ……蓮華は哉鳴を皇帝などと認めていないが。

哉鳴は蓮華を興味深そうに見おろしている。まるで、品定めでもされているようで、気分が悪い。

「では、子が生まれるまで猶予を与えましょう。出産後、然るべき処理をする」

哉鳴は言いながら、遼博宇に視線を移した。養父に伺いを立てているようだ。

「……致し方があるまい」

遼博宇は苦虫を噛み潰したような顔で答えた。

その表情に、蓮華は違和感を持つ。

なんやろ、この感じ……いつも遼博宇にある、ねちっこい余裕のようなものが消えていた。

「では、さがれ」

遼博宇が短く告げた。

その視線は敵意に満ちており、背筋が冷たくなる。

蓮華と陽珊を、再び兵が先導して歩かせた。来た道を戻るようだ。

ひとまず……肩の力が抜ける。どっと疲れが襲ってきた。いますぐ、芙蓉殿の寝室に転がりたい。

せやけど、そういうわけにはいかへんのやろなぁ。

廟堂を出た瞬間、昼間の陽射しが蓮華に降り注ぐ。秋なのに、夏みたいにまぶしい。

思わず目を細めながら、蓮華は天を見あげた。

これから、どうなってしまうんやろか……。

三

蓮華たちが廟堂から連れてこられたのは、もちろん、後宮の寝室ではない。暗くてジメジメした地下牢《ちかろう》への階段を、蓮華と陽珊は歩かされていた。どこからともなく聞こえてくる水滴の音が反響して、足音に重なる。

皇城に、こないなところがあったんやな。と、蓮華は感心するものの、考えてみれば当然だ。

罪人を収容したり、拷問したり……そのような場所が必要である。蓮華には縁遠かっただけだ。

うち、なんも知らへん。

凰朔国に転生して、記憶を取り戻してから……いや、思い出す前から。鴻蓮華という人間は、なに不自由のない生活をしていた。

豪商の家に生まれ、平民ながら贅沢な暮らしをしている。街の人々が、どのような生活をしているか、初めて目の当たりにすることが多かった。

蓮華は日陰の部分を知らなすぎる。

「ここだ」

兵は荒っぽく、地下牢の独房を示した。穴倉みたいな部屋に、鉄格子がはまっている。絵に描いたような牢獄に、ちょっと笑いそうになってしまった。

「はいはい」

蓮華は素直に返事をしながら、独房におさまる。

そのあとを、陽珊もついて歩いた。

「お前は、あちらだ」

しかし、蓮華についてきた陽珊を、兵が止めた。同じ房には入れてくれないらしい。

そうと知った瞬間、陽珊が不満を露わにした。

「どういうことでしょう?」

兵士に正面から食ってかかっている。普段の陽珊からは考えられない態度であった。

「あなたたちも聞いていたのではないですか。蓮華様は、身重でございます。お世話が必要なのです!」

地下牢中に響き渡る声で、陽珊は主張した。絶対に離れてなるものかという気迫を感じる。

陽珊が必死な理由を、蓮華も理解していた。

蓮華は妊娠中という設定だ。嘘がバレたら、即処刑される。妊娠経験が前世を通しても皆無の蓮華には、一人で妊婦を演じるのは不可能だろう。

それだけではない。

出産までは処罰を先送りにすると結論が出ているが……そんなものは、形ばかりだ。

食事に毒を仕込んだり、刺客を送り込んだり、蓮華を殺す方法はいくらでもある。

法に背くことをして、「病死した」とでも開き直ればいい。だが二人いれば、そのリスクも少しは分散されるだろう。

陽珊は徹底的に蓮華を守るつもりでいる。

「駄目なものは、駄目だ」

「女の一人や二人いたところで、牢から逃げられるはずがないではありませんか」

「ならぬ」

「そこをなんとかと、申しております……融通が利かん男やなぁ！」

陽珊が、だんだんヒートアップしてきた。蓮華譲りの関西弁まで出て、ガラが悪くなっている。

気持ちは嬉しいが、無理は通せない。自分の身は、自分で守るつもりだ。それよりも、陽珊が咎《とが》められるほうが心配だった。

しかし、陽珊は止まらない。

「痛い目を見せて、わからせてやろうか」

兵が陽珊をつかもうとする。

けれども、陽珊はキッと睨みつけてその手を払った。

「じゃかましいわ、阿呆んだらァ！」

あまりに大きな怒声に、兵の目が点になった。もちろん、蓮華の発した言葉ではない。

陽珊はダンッと足を踏み鳴らし、相手を威嚇する。

「ナメたらあかんで！　脅せば女が屈するとか、頭の出来が単純やなぁ！　鉈《なた》で割って、ちゅーちゅー吸うたろか!?」

早口で捲し立てながら、陽珊は兵の胸ぐらにつかみかかる。

これはさすがに、止めたほうがいい。

「陽珊、どこでそんな言葉覚えたん……」

緩く止めに入ろうとした蓮華に、陽珊はキレッキレの返しをした。

「蓮華様のせいや！」

「うち、そこまでキレてへん――あ」

以前、漫才の練習をしているとき、未知やすえのネタを披露してみせたのを思い出す。吉本新喜劇の定番ギャグの一つで、汚い関西弁でキレ散らしたあとに、「こわかった～」とかわいこぶるまでがセットである。

凰朔人にもウケないか相談して、次の公演に向けて練習している最中であったが……誰が、この場面で使え言うた？　それは、ただのネタであって、実践したらあかん言うたで？

蓮華を守るために、ヤケクソなのかもしれない。

「いい加減にしろ……！」

兵が面倒くさそうに、陽珊の肩を突き飛ばす。

陽珊の細い身体は呆気なく倒れそうになった。蓮華は両手を縛られたまま、陽珊を受け止める。

「構いませんよ」

混沌《こんとん》とした雰囲気の牢獄に、涼やかな声が響いた。

「許可します」

数名の従者を伴って、地下牢の階段をおりてきたのは哉鳴である。

わずかな明かりに照らされる笑顔が、貼りつけたみたいで白々しかった。玉座で見たときと同じ。

心から笑っていないのだと思う。その顔に、感情が入っていない。

「好きにさせろ」

哉鳴の言葉には、さすがに兵も黙ってしまう。

「すみません。配慮が行き届いておりませんでしたね」

優しげな言葉をかけながら、哉嗚は蓮華の縄を解いてくれた。そして、房へ入るよう促す。

「自分、なにしに来たんや……」

廟堂では、結構な皇帝ぶりであった。遼家のお飾りかもしれないが、多くの貴族に傅かれて、さぞ権力者気分を満喫していることだろう。

「あなたが心配で」

「嘘つけ。ちゃうやろ」

よくもまあ、こんなにあからさまな嘘がつけるものだ。お人好しの蓮華でも、もう騙《だま》されてなんかやらない。

「心外ですよ。傷つきました」

「それも、嘘やろ……」

正直、哉嗚の言葉のどこに嘘があるか、蓮華には見分けがつかない。全部嘘と思って話せば、騙されないだろうという、破れかぶれな会話だった。

それを見抜いているかのように、哉嗚は微笑する。

「皇太后に会ってみたくて」

「え？」

皇太后。秀蘭のことだ。

この地下牢にいるのか。蓮華は急いで、他の房を確認した。

「…………！」

蓮華たちの房の向かい側に、誰か入っている。

あまりに粗末な装いだったので、気がつかなかった。

下着とも呼べぬ麻布を一枚着せられて、女性が一人臥《ふ》せっている。長い髪は乱れ、やわらかな肌は傷だらけになっていた。ところどころ滲む血が痛ましくて、蓮華は戦慄する。

「秀蘭様……？」

本当に秀蘭なのだろうか。

蓮華の問いに、秀蘭は少しだけ頭をあげた。

秀蘭が捕らえられたという情報は、劉貴妃から聞いている。しかし、これは……蓮華の想像力が足りなかった。

秀蘭は捕まっただけでなく、痛めつけられていたのだ。

「鴻……徳妃……？」

秀蘭の弱々しい声に、蓮華は目を伏せる。

後宮に残してきた人々は、本当に大丈夫だろうか。市民への略奪は行われていないだろうか。急に、いろんな事柄が心配になってきた。

「皇太后、一つ聞きたいことがあります」

蓮華を無視して、哉鳴が秀蘭の房の前に立った。物腰はやわらかいが、そこに優しさはない。ただ平坦な声音が響く。

「〝天龍の剣〟は、どこですか?」

天龍の剣? 初めて聞く単語に、蓮華は眉根を寄せる。

「…………」

秀蘭はなにも答えなかった。黙して冷たい床に伏したままだ。

「あれの隠し場所だけは、誰も知らなくてね。あなたなら、わかるのではありませんか?」

ようやく、秀蘭が顔をあげた。

血の滲んだ腕で身体を支えて、上体を起こす。

「知りませんね――」

声はかすれ、いつもの艶やかさがない。

だが、それなのに……秀蘭の眼は美しかった。荒野に咲く花のような強さと、気高さがある。

痛めつけられようが、虐げられようが、秀蘭は枯れない。もとは貧民街の出身である。そこらの女よりも肝が据わっていた。

眼前にしている蓮華も、息を呑む。

「あれは、皇帝とともに在るべき宝剣。ないと言うのならば、それは天のお導きにほかならない……あなたは選ばれなかったということではないかしら？」

傷つきながらも強かに、麗しく。

秀蘭は挑むように、哉嗚を見据えていた。

「そうですか」

哉嗚は感情の読めぬ顔でつぶやく。

「やはり、剣は持ち出されているのですね」

「さあ、どうでしょう」

哉嗚を嘲笑《あざわら》うように、秀蘭はほくそ笑む。

「時間を無駄にしたな」

哉嗚はそれだけ言って、踵を返す。蓮華には目もくれず、さっさと地下牢から去ってしまった。

なんだったのだろう。

天龍の剣？　それを捜しているのだろうか？

廟堂で、遼博宇に対して覚えた違和感と、なにか関係があるのだろうか。

「さあ、入れ！」

哉鳴が去ると、蓮華は荒々しく房へ押し込まれた。重い鉄の扉が閉まる音が、ガシャンッと反響する。

「秀蘭様！」

蓮華は向かい側の房にいる秀蘭に呼びかけた。だが、力尽きたのか、秀蘭は再び臥せってしまう。

「他の囚人に話しかけるな！」

「………………」

蓮華はあきらめて、鉄格子から離れた。

「蓮華様……大丈夫ですか」

陽珊が不安そうな声で問う。さっきの未知やすえ風の威勢はどうしたのだろう。むしろ、そこは蓮華を気遣わずに、「こわかった～」と泣いたっていいのに。

「大丈夫や。陽珊こそ、ありがとな……いろいろ」

「いいえ、当然のことです」

陽珊の縄は、まだ解かれていなかった。哉鳴が蓮華の縄だけを外して、陽珊は無視したのだ。いけ好かん男。

蓮華は陽珊の手から縄を外す。

「痛くなかった？」

「はい。私は大丈夫です……」

とりあえず、今日のところは難を逃れた。

しかし、どうなってしまうのだろう。

向かいの房で臥せている秀蘭のように、暴行でもされるだろうか。いや、蓮華は皇帝の子を身籠もっている設定なので、それはないと思う。

後宮のみんなも心配だ。

天明も……。

なにもかも、不安しかない。いつもみたいに、「なんとかなるわ！」と笑う元気もなかった。

こんな気分は、転生してから初めてだ。

四

秀蘭の反応を見るに、剣は天明が持ち出したのだろう。

面倒だなと、紫耀——哉鳴は軽く息をつく。だが、養父のように苛立ちを露わにするほどでもない。

「あの青二才め……最後の最後に、やってくれおったわ」

遼博宇は、部屋を歩き回って文句を垂れていた。犬のように忙《せわ》しない。

哉嗚は椅子に座って脚を組み、膝に侍らせた猫の明明《みんみん》をなでる。

猫はいい。勝手気ままで、こちらに主らしさを求めてこない。ときどき、こうやってすり寄ってくるのを愛《め》でていれば、機嫌をなおしてくれる。ただ、住居が変わって間もないので、居心地悪そうなのが気がかりだ。

いつの間にか、指先が拍子を刻んでいた。

「そう、焦らなくてもよいではありませんか」

哉嗚は微笑しながら、博宇を宥める言葉をかけた。

目だけ笑わぬ努力も、もう必要ない。心なしか、枷《かせ》がとれて自由になった気がする。

「天龍の剣がなければ、お前が即位できないではないか！」

怒鳴り散らす姿が見苦しい。

もっと余裕のある狡猾《こうかつ》な男だと、最初は思っていたのだが……共に日々を過ごすうちに幻滅していった。

今や、彼の評価は地に落ちている。

「そうですね」

哉嗚は他人事のように返した。

「しかし、じきに手に入りますよ」

天龍の剣は、皇族に継承されている宝物だ。凰朔国の高祖が天から授かりし宝剣であるとされている。民間の伝承に名は登場せず、宮廷でのみ保管されていた。

皇帝の即位に、必ず必要な剣である。正式な儀礼を行わなければ、哉嗚が皇帝とは認められない。

皇城のどこかにあるはずだが、捜しても見つからなかった。

天明が逃げる際に、持ち出したと考えるのが自然だろう。あれさえなければ、哉嗚の即位を阻止できるのだから。

悪あがきだ。

けれども、哉嗚には確信があった。

「なにを悠長な……国中を捜すのに、どれほど時間がかかるか」

「そんな必要はありませんよ」

こんなことまで、説明しなければならないのか。哉嗚はため息をつきたくなったが、やめておく。

「おそらく、逃げた先は延州でしょう。後宮に残った者を確認させましたが、王家の妃が消えているそうです」

　哉鳴の話に、博宇は目を丸くしていた。本当に、今まで思い至らなかったようだ。

　策謀を巡らすのは得意なくせに、目先のことしか見えていない。

　生まれたばかりの哉鳴を後宮から連れ出し、育てたのは将来を見据えた行動であったかもしれないが……基本的に、短絡的なのだ。代わりに、隠蔽と言い逃れに関しては長《た》けている。

「延州で態勢を整え、梅安と帝位を奪還する。これが敵方の狙いでしょう……待っていれば、剣は返ってきます」

　実にわかりやすい。この辺りは、他の貴族にも読めている者はいるだろう。

「では、今すぐに延州へ軍を派遣せよ」

「それはむずかしいのではないでしょうか」

　哉鳴は、つい鼻で笑った。

　博宇が不機嫌そうに顔を歪める。小馬鹿にしすぎたようだ。

「兵のほとんどは、中央に集めたのです。これから冬が来る。冬にかかる遠征を敢行するのは得策ではありません。ましてや、延州の地は険しい山々に守られています。地の利がない我が軍は、数で押しても多大な損失を出す」

　ただでさえ、正式に即位する前だ。そんなことで、無駄に兵を失うのは避けたかった。

天明らも、無闇に逃げたわけではない。考えがあっての行動なのだ。虚を衝《つ》いて奇襲したつもりだったが、首の皮一枚でかわされてしまった。なかなか簡単には狩らせてくれない。

「こちらも時間があるのです。態勢を整えましょう」

天明の玉座は、もうない。

すべて哉嗚のものだ。

「迎え撃てばいい」

こんなに口数が多くなったのは、初めてかもしれない。哉嗚を見る博宇の目には、意外そうな色が浮かんでいる。

「それは……そうかもしれんな」

博宇は、さも「わかっておる」と言いたげな態度でうなずいた。

「しかし、あの女を生かす意味はないはずだ」

鴻蓮華の話だ。

本当に天明の子を身籠もっているかどうかはさておき、博宇は哉嗚の下した沙汰が気に入らないらしい。

「そうですね……」

強いて言えば。

哉鳴は考えを巡らせた。

「餌でしょうか」

天明が都へ帰ってくるための餌。

蓮華が生きていれば、天明は必ず早急に戻ろうとする。あきらめない。なにがなんでも、春には奪還しようと考えるはずだ。

そんな餌など、必要ないのかもしれない。鴻蓮華が生きていようが、死んでいようが、彼は帝位を取り戻しに来るだろう。蓮華を殺したあとに、「生きている」と嘘の情報を流すことだってできる。

それでも生かしているのは――。

「鴻徳妃には……何卒《なにとぞ》、危害を加えないでください……」

弱々しい声音で口を挟んだ女に、哉鳴は初めて視線を向ける。それまで、部屋の調度品と変わらぬ存在感だった。

齊玉玲は、震える唇で蓮華の命乞いをしている。

蓮華に守られ、博宇の前から姿を消していた女だ。自分が死んだように見せかけて、後宮に身を潜めていた。

彼女は鴻蓮華に深い恩がある。身柄を押さえてから玉玲は、ずっと蓮華の助命を訴えていた。

「そんなに彼女が大事なら、僕の存在を告げればよかったのに」

「………」

そうしていれば、このような事態は免れた。

だが、玉玲が話さないのはわかりきっていたことだ。結局、彼女が一番可愛いのは自分が産んだ子である。

たとえ、その子が彼女の愛情を利用する人間でも。

ゆえに、哉鳴も玉玲が後宮に匿われていても問題ないと判断した。

「図々しい女だ。今まで雲隠れしておいて、鴻蓮華の命乞いをするなど」

博宇が軽蔑の眼差しを向けているが、そんなものはどうでもよい。

「図々しいのは、どちらでしょうね」

哉鳴はたまらず、ため息をついた。

瞬間、二つある部屋の扉が一斉に開く。

「………!」

物々しい雰囲気で入ってきたのは、孟家をはじめとした貴族たちと、その兵であった。みな剣を佩き、鎧を着けている。

玉玲が部屋の隅で小さくなっているが、誰も彼女には目もくれない。

彼らが囲んだのは、哉鳴と相対して立っている遼博宇であった。

「これは……!?」

博宇が目を剝いて、貴族たちを見ている。

予想もしていなかった展開に、驚きが隠せないようだ。

哉嗚は涼しい顔で、椅子に掛けたまま。毛を逆立てている明明をなでて落ちつかせた。

「そろそろ頃合いかと思いまして」

ここにいるのは、哉嗚が集めた貴族たちだ。

彼らは哉嗚を擁しての挙兵に賛同し、皇城を攻め落とした。

決して、遼家についたわけではない。

「頃合い……?」

「勘違いを正すときかと」

哉嗚が説明する前に、孟家当主の浩然が剣を抜いた。気の早い男だ。後宮攻めで負傷したと聞いたが、存外、平気そうである。

他の者たちも、次々と剣を構える。

博宇は慄《おのの》き、情けない声をあげはじめた。

「育てた恩を忘れたか……!」

恩などない。

哉鳴から見れば、後宮から勝手に連れ出されて、謀反に利用されたに過ぎなかった。そこに恩など存在し得ないではないか。

博宇が哉鳴を利用するなら——哉鳴も、彼を利用する。挙兵までの間、隠《かく》れ蓑《みの》として使い、目的を果たす道具となってもらったまで。それに気づかず、いつまでも駒を操っている気でいたこの男は、哉鳴の政に必要ない。

「僕を育てたのは、あなただ。その結果を、今ここで知っていただくだけ」

幼いころより、「お前は皇帝になるべき存在だ」と教えられてきた。皇城を指さしながら、「あれはお前のものだ」と、刷り込まれ続けた。

そうだ。全部、僕のものだ。

勘違いしている人間は必要ない。

哉鳴の権利を脅かす者は排除する。

もう、ここにあるのは、すべて哉鳴のものだ。

「さようなら」

哉鳴がそう言って笑ったときには、浩然の剣がふりあげられていた。

「やめぬか！」

博宇は情けなく叫びながら、背中を見せる。剣は、その背を容赦なく斜めに斬りつけた。

鮮血がほとばしり、床に絵を描く。

「ひ……」

部屋の隅で丸くなっていた玉玲が泣いていた。こんな男に対しても情があるのだろうか。それとも、目の前で人が斬られて恐ろしいだけだろうか。

哉鳴には、わからぬ感覚であった。

「お、おのれ……」

しぶとく呻《うめ》きながら、博宇は床を這う。

虫のように愚かで滑稽だ。その姿を見ていると、長年の憂さが晴れていくようだった。哉鳴は、ずっとこのときを待っていたのかもしれない。

浩然が博宇の背に剣を突き立てる。

続いて、他の貴族たちも、博宇に刃を押し込む。抵抗できぬまま身体を仰け反《の　ぞ》らせる人間を加害するのは、楽な仕事だ。

しばらく、苦痛に喘ぐ博宇の声が響き続けた。しかしそれも、ほどなくしておさまってしまう。

部屋の真ん中に、血の海ができている。そこで溺れているのは、先ほどまで息があった男だ。

流れる血液が、哉鳴の足元にも伸びた。

「哉鳴様」

誰からともなく、哉鳴に膝を屈する。やがて、室内にいる全員が、頭を垂れて哉鳴の名を呼んだ。

「ご苦労だったね」

哉鳴は柔和に笑って、彼らを労《ねぎら》ってやる。

仕事を終えたのだ。当然の行為だろう。

もちろん、これからも存分に働いてもらうつもりだ。

もうすぐ。

望んだすべてが手に入る。

あとの祭り　混沌

一

鴻蓮華が正妃として身を差し出したことによって、多くの者が解放された。

ただし、宮廷の高官や軍官などは囚われる。一部の者は逃げ果《おお》せたと聞くが、皇帝に近かった人間は、ほぼ身柄を拘束された。

後宮の女たちは、ほとんどが解放されたものの……皇城陥落後、天明逃亡の補助を指揮したとして、劉天藍は捕らえられてしまう。

皇城は遼家を筆頭とした反乱貴族たちによって牛耳られていた。だが、その遼家当主の博宇も、間もなく病死したという情報が流れる。伝染病だったため、葬儀も行われず埋葬されたらしい。

まさに、都は混乱していた。

「夏雪様！　お待ちください！」

侍女たちの制止を振り切って、陳夏雪は屋敷の回廊を進んだ。

陳家の屋敷は都の中心部、内城と呼ばれる区画にある。いわゆる貴族や金持ちの邸宅が立ち並ぶ場所だった。

漫才や野球で、後宮の外へ出ることはときどきあったが、陳家へ帰宅するのは久方ぶりだ。この回廊も、私室も、なにもかもが懐かしい。

だが、思い出に浸る暇などなかった。

夏雪は突き進みながらも、奥歯を噛み、拳をにぎりしめる。

蓮華も、劉貴妃も、身柄を拘束された。王淑妃は皇帝とともに逃亡し、行方知れずになっている。

夏雪だけ、なんともなかったかのように解放された。

理由はわかっている。陳家は凰朔を支える大貴族の一角。中立という立場をとる貴族の中では、最も力が強い。その娘である夏雪を拘束すると、陳家を敵に回すことになるからだ。

自分の立場は、よく理解していた。

だからこそ、夏雪は……自分が、蓮華の代わりになるべきだと考えている。

夏雪なら、陳家の力で、もっと優位に事を運べるはずだ。蓮華よりも命の危険が少ない。

こんなときに、権力を使わずにどうする。

「わたくしが、蓮華を救うのよ」

後宮の妃で一番家柄がいいのは夏雪だ。それなのに、夏雪は解放されてしまった。後宮での防衛戦にも参加したのに、正一品の中でただ一人……。

そんなの、許されるわけがないじゃない！

わたくしが、しっかりしなくてはならないのに！

どうしても、夏雪は納得がいかなかった。

「お父様、話がございます！」

夏雪は扉を押し開けながら、声を張りあげた。

父の私室だ。屋敷で暮らしているときでさえ、あまり踏み込んだことはない。まさか、こんな形で押し入るとは思ってもみなかった。

夏雪が後宮から無事に戻されたのは、父の威光がきいたからにちがいない。

「久しいというのに、あいさつもないのか」

唐突に踏み込んだ夏雪に、父が目を剝いている。

陳家の当主、俊祥《しゅんしょう》。普段は威厳をまとい、表情一つ変えないのだが、それだけ夏雪の様子が鬼気迫っているのだろう。

「あいさつよりも」

陳家での夏雪は、従順な娘であった。

しかし、蓮華に誓ったのだ。自分のできることは、なんだってやる。そのためには命なんて惜しくない。蓮華には「そないなことせんだってええ」と言われそうだが、これは夏雪の決意である。

夏雪は俊祥を正面から睨みつけた。初めて見る娘の態度に、俊祥は戸惑っているようだ。

「おねがいがございます。お父様……どうか、蓮華――いいえ、鴻蓮華を助けてください！　陳家の力なら、できるはずです！」

夏雪の申し出に、俊祥は眉根を寄せている。

「わたくしの身を捧《ささ》げても構いません！」

蓮華はそもそも、正妃ではない。

後宮では夏雪の主張は受け入れられなかった。雑兵相手では、いくら言っても、蓮華がすでに正妃として囚われているからと、主張を突き返されてしまったのだ。そのまま、夏雪は陳家へ返された。

「夏雪、落ちつきなさい」

宥めるような声だったが、夏雪に引きさがる気はない。

「お前が後宮で、どのような主張をしていたか、わしの耳にも入っておる」

「だったら……」

両の目頭が熱くなり、涙がにじんでくる。

気持ちばかりが急《せ》いて、上手く言葉に換えられない。もどかしくて、悔しくて、夏雪は唇を嚙んだ。

「だが今は、残念ながら陳家にはどうすることもできぬのだ」

「なぜです！　お父様は、いつもおっしゃっていたわ。凰朔を牽引《けんいん》するのは陳家であると！　皆の模範となる存在でありなさい、と！　今こそ、それを示すときではありませんか！」

陳家ほど影響力のある貴族はいない。

どこにいようと、陳家の人間は秀でていなければならなかった。

そのことは幼少より夏雪の胸に刻まれている。

なのに、どうして蓮華を救えないのだ。

このままなんて、許せない。

「……わたくし、覚悟はできております」

夏雪は懐に忍ばせていた短剣を素早く取り出す。

武器なんて、扱ったことはない。でも、夏雪は鞘《さや》から刃を抜き放ち、覚束《おぼつか》ない手つきで構えた。

自らの喉元に、切っ先を向ける。

「聞いてくださらないなら、自害します！」

そんな覚悟、夏雪にだってできていない。実際に刃を持つ手は震えているし、誰かに取り押さえられたら、自害すらできずに奪われるだろう。

しかし、夏雪には、これ以外に反抗する方法が思いつかないのだ。

後宮に入るまで、ずっと自分を殺してきた。やっと、後宮で蓮華と出会い、かけがえのない日々を手に入れたのだ。

大切なものを壊されたくないだけ。

本当に、ささやかなねがいだった。

「夏雪」

俊祥は、そんな夏雪を見据えて、低い声で呼んだ。

涙が頬を伝う。

「旧来の貴族たちが半数以上、哉鳴様の側についてしまった。陳家のみが立ちあがったところで、勢いはどうにもならぬ。今は耐えねばならないのだ」

俊祥の諭すような言葉に、夏雪はなにも返せなかった。

国の有事になにもできずに、なにが名家か。

なんの役にも立てない。

「腹を決めかねている者は大勢いる。陳家は彼らを迷わせぬために、崩れるわけにはいかないのだ」

弱気になっているのではない。凰朔の貴族としての選択であった。

同時に夏雪は気づく。

俊祥は決して悲嘆していない。あきらめてなどいないのだと、悟ってしまう。

お父様は、これからどうするおつもりなのかしら。

夏雪が問おうとした瞬間、何者かが入室する気配がする。

「──今は、時を待つしかないのです。陳賢妃」

入室した人物は、静かに告げる。

声にふり返って、夏雪は目を見開く。

「あなた……」

彼女の顔は知っている。

たしか、芙蓉虎団にいて、何度も試合で顔をあわせた朱《あか》い彗星──それだけではない。彼女のうしろには、陳家では見慣れぬ者たちがひかえていた。

二

住めば都とまではいかないものの、囚われ生活も数日続けば慣れてくる。

暗い牢獄の中で、蓮華は胡座《あぐら》をかいていた。両腕は緩く広げて肩の力は抜く。呼吸はリラックスして。

陽珊も同じようにして、隣に座っている。

「ゆっくり吸って」

「すぅー……」

「吐いて」

「はぁー……」

安楽座のポーズだ。ヨガの基本である。

お尻が冷たいので、ヨガマット代わりに虎柄の披帛を敷いていた。こんな場所に押し込められていては、勝負服も意味を成さないので、敷物にしたって罪悪感はない。使えるものは使う。

なにせ、散歩もできない。蓮華と陽珊は、毎日、軽い運動を行っていた。地下牢に放り込まれているからといって、悲嘆に暮れる必要はないのだ。むしろ、そんな姿など見せてやるか。

精一杯、元気な姿を看守たちに見せつけたかった。

とはいえ、妊娠している設定だ。跳ねたり、身体を折り曲げたりするラジオ体操や筋トレはひかえていた。ヨガは無難で美容と健康にいいから助かる。

「最初は、このような運動に意味があるのかと疑問でしたが……なかなか汗をかきますね」

「せやろ？　真面目にやったら、効果絶大や」

陽珊の評価に、蓮華は親指を立てる。

「ただ……」

陽珊が視線を落とすと、どこからか、ぐぅ～と腹の音が聞こえてきた。

顔を赤くする陽珊は可愛らしいと思うが、蓮華にとっても深刻な問題だ。

地下牢には、朝と夕に一回ずつ食事が配られるが、量が充分とは言えなかった。とくに、蓮華たちは独居房に二人入っている状態だ。おそらく、一人前しか用意されていないのだろう。嫌がらせである。

陽珊は「蓮華様がお食べください」と譲ってくれるけれど、それはポリシーに反する。蓮華はきっちり食事を半分にわけていた。

「はあ……たこ焼きしたい」

蓮華は手元でたこ焼きを回す動作をしてみせる。エアたこ焼きだ。

「そうですね。腕が鈍ってしまいます」

普段、たこ焼き屋台の運営全般は陽珊にまかせている。彼女もすっかり、たこ焼きが恋しくなっているようだ。蓮華の隣で、たこ焼きのピックを持つ動作を真似した。

「蛸見つかったら、陽珊にも本物のたこ焼き食べさせたるわ」

「以前からお探しの妖魔ですね。本当に美味しいのでしょうか？」

「美味《うま》いで！　あれがないと、たこ焼きは完成せん！」

蓮華は声高らかに主張しながら、大阪を思い出す。

「凰朔じゃ、見た目がアレかもしれんけど、味は保証する。弾力と歯ごたえがあってな。フワッフワでやわらか～い、たこ焼きの生地にベストマッチやねん」

今は牛肉の煮込みや魚の甘辛煮、チーズなんかで代用しているけれど、やっぱり、蛸が一番。刻みではなく、大きな蛸が贅沢に入っているのが蓮華の好みであった。

「味の想像ができませんが……発見しましたら、楽しみにしております」

陽珊はクスリと笑ってくれた。

「まかせとき！　あ……」

そんな話をしているうちに、蓮華の腹の虫も鳴いた。

運動するのはいいが、カロリーが足りない。タンパク質を摂取しなければ、効率よく筋肉を増やせないのに。

あれから、みんなどないしたんやろ……。

外の情報は、一切、蓮華のもとへは届かなかった。

後宮のみんなは元気かな。皇城の人たちは、どうしてるやろか。鴻家のお父ちゃんは、大丈夫なんかな……。

蓮華は身柄を差し出したけれど、約束が守られているかどうか、確認する術《すべ》がない。看守に聞いてもだんまりだ。

天明の情報も聞こえてこなかった。

最近、不穏なのは、地下牢の住人が増えていることだ。

他の囚人に話しかけると看守からドヤされるので、誰がいるのか確認できない。見えるのは、せいぜい向かい側の秀蘭と、その両隣程度。みんな一日中、ほとんど動かず過ごしていた。

ただ、秀蘭の状況については安心できた。

ここへ来た初日は、暴行された形跡があって痛ましかったが、あれからはとくになにもない。独房で静かにしているようだ。こちらに向けて話しかけてくることはないものの、ときどき、蓮華の真似をしてヨガを一緒にやってくれた。

「こんな生活、いつまで続くんやろ……」

蓮華は宙に向かってボヤく。

そもそも、妊娠が嘘である。隠し通すのも限界があった。バレたときが、蓮華の終わりか。あるいは、その前に毒でも盛られるか。

「…………」

しばらくすると、地下牢の階段を誰かがおりる音が響く。複数人で、ぞろぞろ歩いているのがわかった。

また新しい囚人やろか。蓮華は鉄格子に近づいた。

「鴻蓮華様」

しかし、響いたのは看守の声ではない。

女官が五人、こちらを見おろして立っていた。どの子も、見覚えのない顔だ。後宮に勤めている者ではなさそうだった。

「なんやねん」

蓮華はナメられないよう、視線に力を込める。スッと立ちあがって胸を張ると、妃だったころの感覚を思い出してきた。

「お出になってください」

やがて、鉄格子の錠が外れる。

「え？」

どこかへ連れていかれるのだろうか。

ずっと地下牢生活が続くものと思っていたので、蓮華は目が点になる。

蓮華が連行されたのは……まず、風呂だった。

後宮と同じように沐浴させられる。花の香油なんて、何日ぶりに塗っただろう。髪も綺麗に整えられて、雲雀柄《ひばりがら》の立派な衣に袖を通す。

まるで、後宮の暮らしだ。

「なんで、こないな格好するん？」

「…………」

「誰かと会うん？　牢屋は？」

「…………」

入念に白粉《おしろい》を叩《はた》かれて、紅まで引くのはおかしい。蓮華は戸惑いながら問うが、女官たちは誰も答えてくれなかった。

「陽珊は？　どこにおるん？」

「隣の間でございます」

ようやく返ってきたのは、陽珊についてだ。それ以外は、また黙《だんま》りを決め込まれる。

化粧を終えて通されたのは、やや狭いものの豪華な部屋だった。贅沢に絹を使用した窓帘《カーテン》や、色鮮やかな明かりを湛える紗灯籠《しゃとうろう》がさがっている。

「蓮華様……！」

「陽珊！」

女官の言った通り、陽珊は部屋で待っていた。蓮華ほどではないが、衣を着替えて装いも整っている。

陽珊に会えて安堵する間に、女官たちはみんな続きの間へとさがっていってしまう。

ここで、なにをしろというのだ。

目的も意図もわからず、ただただ蓮華は呆然とした。

「………！」

・

いくらもしないうちに、やがて、扉の向こうで音がする。

誰か立っているのだ。

さっきの女官たちではない。

「長い間、不自由をさせてしまって申し訳ありません」

扉が開いて現れた人物を、蓮華は敵意の眼差しで迎えた。陽珊も警戒して、蓮華の前に出る。

部屋に足を踏み入れながら、哉鳴は涼やかに笑っていた。

「どういうことや」

蓮華は開口一番、哉鳴に問う。

「うるさい無能を黙らせるのに時間がかかってしまいまして」

哉鳴はスラスラと述べながら、蓮華の前で一礼した。謝罪でもしているつもりなのだろうか。

目までしっかり笑うようになったのに、哉鳴からは白々しさが抜け切らない。自分が皇帝ですと言わんばかりに、龍の刺繍が施された上衣を着ているのも、気に入らなかった。

「みんなは無事なんやろな」

蓮華が問うと、哉鳴はニコリとうなずく。

「ええ。全員とはいきませんが、あなたの要求通り、後宮や皇城で働く者は解放しました。梅安の市民にも、危害は加えておりません。虐殺のすえに得た玉座などと、歴史書に記されては堪りませんから」

いやに哉鳴は饒舌だった。けれども、とりあえず、蓮華の要求が通っているので一安心する。

「……主上さんは？」

一番、確かめたかったことだ。

天明の安否が少しでも知りたい。

今、どうしているのだろう。

「面白くないですね」

けれども、哉鳴はそう囁いて、蓮華との距離を詰めた。陽珊が庇うように前へ出るが、易々と押しのけられてしまう。

「これからは、僕が皇帝です。もう、あの男のものではない」

蓮華が天明を「主上」と呼んだのが気に入らなかったようだ。今まで物腰がやわらかかったのに、そこだけは異様に強調した。

「全部、僕のものです」

哉鳴は蓮華にも同意を求めているのか、胸に手を当てて主張した。

「天明は逃げ、遼博宇は病死しました。いずれ、中立派の貴族たちも黙りましょう」

「病死?」

遼博宇が?

玉座の横で、ピンピンしていたビリケンさんを思い出す。病気で死ぬような状態には思えなかった。突然死――あるいは……。

「あなたを地下牢から出すのも、時間がかかってしまいました。でも、もうすぐお迎えできます」

「迎えるって……?」

身体を拭き、衣装を整えてお化粧まで……この部屋だって。

哉嗚のやっていることが、なにからなにまでわからなかった。

「そのままの意味です」

哉嗚は蓮華の肩に手を置く。

軽くつかまれただけで、逃げられない圧を感じた。

「天明は必ず都へ帰ってくる。捕らえて殺します。天明の子が生まれたら、それも殺します。そうすれば、あの男の持ち物はすべて僕のものになります」

なにを言っているのだ。

哉嗚の話す意味が半分も理解できない。

天明を殺して、持ち物をすべて手に入れる？

ただ、そこに異様なほどの執着とこだわりが滲み出ていた。声を聞いているだけで、毒されて気分が悪くなりそうだ。

「あなたも、僕の妃として迎えられる」

は？

蓮華は顔をしかめてしまう。

「冗談キツいわ――」

「本気ですよ。僕だけのものにする」

ツッコミを入れようと開いた蓮華の口に、哉鳴の指先が触れる。強制的に黙らせられる形となり、蓮華の身が強《こわ》ばった。

肩にのせられた手に力が入る。

呆然とする蓮華に、哉鳴の顔が徐々に迫った。

「あなたの待つ男は帰らない。僕が忘れさせてあげますよ」

天明以外の男性に、こんな距離まで近づかれたことはない。

思考が阻害され、頭の中が真っ白になっていく。

これって、どういうことや……!?

本書のプロフィール

本書は書き下ろしです。

小学館文庫

大阪《おおさか》マダム、後宮妃《こうきゅうひ》になる！
五祭期《ごさいき》は豊穣盛儀動乱編《ほうじょうせいぎどうらんへん》

著者　田井《たい》ノエル

二〇二二年十二月十一日　初版第一刷発行

発行人　石川和男
発行所　株式会社 小学館
〒一〇一-八〇〇一
東京都千代田区一ツ橋二-三-一
電話　編集〇三-三二三〇-五六一六
　　　販売〇三-五二八一-三五五五
印刷所――――凸版印刷株式会社

この文庫の詳しい内容はインターネットで24時間ご覧になれます。
小学館公式ホームページ　https://www.shogakukan.co.jp

ISBN978-4-09-407212-9